KB251155

조/선/후/기
풍속의 재구성

풍속의 재구성

이 문 성 지음

KSI 한국학술정보㈜

삶의 길을 열어 주신 부모님
배움의 길을 살펴 주신 유영대 선생님
사랑하는 친구, 제자들에게 깊이 감사드립니다.

풍속(風俗)의 편린(片鱗)을 찾아서

고대에 위대한 왕은 나라 안팎에 방(榜)을 붙여서 세상의 기인(奇人)을 불러 모은다. 남다른 재주가 있는 사람은 왕국의 기인열전(奇人熱戰)에 참여하라는 것이다. 열전의 상(賞)은 왕의 외동딸과 차기 왕권을 내어주는 것이다. 단, 시답잖은 재주로 덤벼들었다가 망신을 당하는 자는 목숨을 내어놓든지 왕국의 노예로서 평생을 봉사해야 한다는 조건이다.

전국 방방곡곡에서 심지어, 국경을 넘어서 재주꾼들이 왕성(王城)으로 모여든다. 이 기인열전의 참가자 무리에 초라하고 볼품없는 한 사내가 있었으니, 저자에서 생선을 파는 장사꾼이다. 이를 알아본 한 재주꾼이 놀려댄다. "빌어먹을 재주도 없는 자가 열전에 참여해서 비린내를 풍긴다." 또한 완력 있고 성급한 자는 생선 장수의 멱살을 쥐며 "괜한 짓 하지 말고 생선 나부랭이나 가서 파시지. 왕국의 노예커녕 내 손에 죽는 수가 있어." 이때,

생선 장수는 한마디 말할 기회를 청한다. 그리고 자신의 재주에 대하여 소개한다. "저는 대대로 생선을 파는 집안에서 나고 자랐습니다. 그래서 보고 듣고 생각하는 것이 생선밖에 없습니다. 그런데 언제부터인가 주변사람들이 저를 재주꾼이라고 일컫습니다. 저는 작은 비늘 조각 한 장으로도 그 비늘의 임자, 물고기가 무엇인지 알 수 있답니다."

학부를 졸업하고 대학원을 다니면서, 함께한 한국학 연구자 모임의 뒤풀이에서 주워들은 '비늘 조각', '편린(片鱗)'의 내력이다. 사소한 듯하지만, 작은 것을 소중히 하고 열과 성의를 다하면 한 자리에서 보람찰 것을 믿는다. 조상대대로 물려받은 가업, 배운 것도 가진 것도 많지 않지만 사랑하는 부모님이 자신을 낳고 기르는 데 삶의 방식으로 택한 생선장수, 그는 어떤 마음으로 일에 임했을까? 편린을 재구할 수 있는 능력을 갖기까지 자신의 업에 어떤 맘가짐으로 어떤 몸가짐으로 임하며 자신을 다독였을까? 그런 그에게 정치학이면 정치학, 경제학이면 경제학, 사회학이면 사회학을 배울 기회가 주어진다면 왕국의 미래는 어떨까?

생선장수, 편린의 이야기 끝은 아무도 마무리 짓지 않은 것으로 기억한다. 누가 무엇이라 토를 달지 않아도 그 자리에 있던 사람들은 나름의 답을 가지고 있었으리라 여겨진다.

이하 작업은 '조선후기 풍속의 재구성'이라는 표제로 시작된다. 부제는 '풍속의 편린을 찾아서'이다. 18세기부터 19세기에 이르는 조선시대 후기, 예술 속에 나타난 작은 편린을 모아서 당시 풍속의 일면을 확인하고자 한다. 조선후기는 판소리, 사설시조, 소설, 야담, 풍속화 등 다채로운 예술이 시정(市井)에서 꽃을 피웠던 시절이다. 당시 민의 정서와 기호, 삶의 모양새를 확인하는 데에 당대 예술만한 것도 드물 것이다. 예술 속에 담겨진 풍속의 편린을 찾아서 민의 생동하는 삶을 재구하고자 한다. 이 작업은 조선후기 풍속의 이해뿐만 아니라 시대 너머 사람살이의 일면을 이해하는 기회가 될 것으로 기대한다.

2008년 6월

이 문 성

차 례

제2장 성풍속의 재구성 / 89

맺음말 – 상상(想像), 마음속으로 미루어 짐작하다 / 157

참고문헌 / 159

제1장 조선후기 사회의 예술적 반영

젓대소리 늦바람에 들을 수 없고, 백구만 물결 좇아 날아드네. 혜원

1. 서울의 사계절 야흥

　조선시대 오백 년 도읍지인 서울은 정치, 경제, 문화의 중심지
이다. 서울은 전국 물산의 집결지일 뿐만 아니라, 학식과 능력이
뛰어난 인물들의 중앙무대이다. 이처럼 서울은 조선을 대표하는
공간으로서 당대 풍속을 살피는 데 최적지라고 할 만하다. 조선
시대 서울 사람들은 어찌 살았을까? 봄, 여름, 가을, 겨울의 사계
절을 어찌 즐겼을지 궁금할 따름이다. 이에 대한 해결의 실마리
를 당대 민의 정서와 기호를 담아내고 있는 조선후기 예술 속에
서 찾아보고자 한다.

　아래에 인용문은 조선후기 필사본 『춘향전』, 도남문고본의 한
부분이다. 도남문고본은 서울에서 유통·향유된 세책본(貰冊本)의
일종으로서, 당시 유흥공간(遊興空間)의 정황과 가창문화(歌唱文
化)를 살펴볼 수 있는 유용한 자료로서 손꼽힌다.[1] 봄기운에 겨

---

[1] 이문성, 『필사본 춘향전 연구』, 한국학술정보, 2008, 77~81면 ; 이문성,
　「京板 春香傳 硏究」, 고려대 대학원 석사학위논문, 1999, 50면 참고.

워서 광한루에서 나들이하던 이도령은 그네를 뛰는 춘향에게 한 눈에 반한다. 이날 저녁, 이도령은 방자를 앞세워 춘향의 집을 찾아간다. 바야흐로 이도령은 춘향과 첫정을 나눈다.

> … 그날 이후로는 날이 새면 칙방이오 히 곳 지면 도라와 셔 가금으로 달난ᄒ고 쥬식으로 연락홀 제 저의 집 건넌방 왕뇌ᄒ듯 길을 아라든니면셔 무흔 농챵 호강흔다 냥인이 서 로 만나 곳 보면 녹슈의 원앙이오 화간의 졉뮈로다 츈화류 하청풍 츄월명 동셜경의 아모도 업시 단 둘히 놀제 (도남문 고본 『춘향전』; 밑줄 필자)2)

그날 이후로 이도령은 낮이면 책방에서 글공부하는 시늉을 하다가, 밤이면 득달같이 춘향을 찾아가서 한없는 농탕질이다. 맑은 물에 유유히 노니는 원앙처럼 꽃밭에 너울너울 춤추는 나비처럼 이도령과 춘향은 사랑을 나눈다. 사계절을 벗 삼아 그들만의 깊은 사랑을 만끽한다. 여기서 사계절을 표현한 '츈화류 하청풍 츄월명 동셜경'의 어구(語句)가 눈길을 끈다. 이것은 『춘향전』의 이본들뿐만 아니라 고전을 읽다보면 흔하게 접하는 상투구이다. 일례로 다음의 사설시조를 들 수 있다.

---

2) 김진영·김현주 외 (편저), 『춘향전 전집』 6, 박이정, 1997, 35∼36면.

① 노릭ᄀᆞ치 조코 조흔 거슬 벗님닉야 아돗던가

② 春花柳 夏淸風과 秋月明 冬雪景에 弼雲 昭格 蕩春臺와 南北 漢江 絶勝處에 酒肴 爛漫ᄒ듸 조은 벗 가즌 嵇笛 알릿ᄯᅩᆫ 아모가이 第一 名唱드리 추례로 안자 엇거러 불너닉니 中大葉 數大葉은 堯舜 禹湯 文武ᄀᆞ고 後庭花 樂戲調는 漢唐宋이 되여 잇고 騷聳이 編樂은 戰國이 되여 이셔 刀鎗 劍術이 各自 騰揚ᄒᆞ야 管絃聲에 어릭엿다

③ 功名과 富貴도 닉 몰닉라 男兒의 豪氣를 나는 됴하 ᄒᆞ노라 (『병와가곡집』; 기호 필자)3)

이 시는 18세기 후반에 성립했을 것으로 추정되는 『병와가곡집(瓶窩歌曲集)』에 수록된 작품이다.4) 노래같이 좋고 좋은 것을 벗님네야 아시는가(①). 춘화류(春花柳) 하청풍(夏淸風)과 추월명(秋月明) 동설경(冬雪景)에 필운대·소격동·탕춘대와 남북 한강의 절승처에 술과 안주가 넉넉한데 좋은 벗 같은 해금과 피리 소리, 아리따운 아무개 제일 명창들이 차례로 앉아 엇걸어 불러내니, 중대엽·삭대엽의 소리는 요순 우탕 무왕의 성군시절 같고

---

3) 김용찬, 『교주 병와가곡집』, 월인, 2001, 422면.

4) 김용찬, 위의 책, 70~71면 ; 이 작품은 『병와가곡집』을 비롯해 주씨본 『해동가요(海東歌謠)』, 가람본 『청구영언(靑丘永言)』 등 8종의 가집에서 다소간 문면의 차이를 보이면서 확인된다. 이 시는 여러 가집에 수록된 것으로 보아서 당대 향유층에게 사랑받던 작품이라고 할 만하다. 심재완 (편저), 『校本 歷代時調全書』, 세종문화사, 1972, 219면 참고.

후정화·낙희조는 한당송의 태평성대가 되어 있고, 소용과 편락의 곡조는 천하를 다투던 전국시대가 되어 있어, 칼과 창을 다루는 기술이 각자 기세를 뽐내어 관현악 소리에 어리었다(②). 공명도 부귀도 내 몰라라, 남아의 호기를 나는 좋아 하노라(③).

춘화류, 하청풍, 추월명, 동설경은 각각 봄의 화류, 여름의 청풍, 가을의 월명, 겨울의 설경을 지칭하는 것으로서 사계절의 야흥(野興)을 이른다. 시에서 확인되는 필운대, 소격동, 탕춘대는 모두 서울의 인왕산과 북악산의 품안에 자리한 이름난 경승처(景勝處)이다. 특히 필운대와 탕춘대는 각각 살구꽃과 수석(水石)의 명소라는 기사가 확인되고 있어 흥미롭다. 여기서 조선후기 검서관(檢書官) 출신인 유본예(柳本藝)의 『한성지략(漢城識略)』(1890년)을 살펴보자.

① 상고해 보면 도성의 八경시가 있다. 여지승람에 이르기를 「서울의 산수[畿甸山河], 도성의 궁궐과 동산[都城宮苑], 여러 별같이 벌려 있는 여러 관청[列署星拱], 바둑판 같은 여러 방리[諸坊碁布], 동문 밖 훈련장[東門敎場], 서강의 세곡배[西江漕泊], 남쪽 나루 행인[南渡行人], 북교의 목마[北郊牧馬]」라 해서 정도전(鄭道傳)·권근(權近)·권우(權遇)의 시가 있다.

② 또 열 가지 시가 있다. 즉 「장의사를 찾는 중[藏義尋僧], 제천정 달구경[濟川翫月], 반송정에서 사신작별[盤松送客], 양화도의 설경[楊花踏雪], 목멱산의 꽃구경[木覓賞花], 살꽂이의

답청놀이[箭橋尋芳], 삼개의 뱃놀이[麻浦泛舟], 흥덕사 연지의 연꽃 구경[興德賞蓮], 종루거리의 관등구경[鍾街觀燈], 입석개의 낚시놀이[立石釣魚]」라 해서 모두 정도전·권근·권우의 시가 있다.

③ 또 남산에서 보는 八경시가 있다. 즉 「구름 뜬 궁궐[雲橫北闕], 물 부른 한강[水漲南江], 바위 밑 그윽한 꽃[岩底幽花], 재위에 큰 솔[嶺上長松], 삼춘의 봄놀이[三春踏靑], 중구날 산에 오르기[九日登高], 산에 올라 등불 구경[陟巘觀燈], 시냇가에 세수하기[沿溪濯纓]」인데 모두 정이오(鄭以吾)의 시가 있다.

④ 지봉유설에 보면, 「한성 서울의 十경에 장의사 찾는 중, 흥덕사 연꽃구경, 입석개 낚시놀이라 했는데 상고해 보면 장의사는 옛날 창의문 밖에 있었고, 흥덕사는 동부 연희방(燕喜坊)에 있었고, 연못이 있었다 하나 언제 없어진지 알 수 없고, 입석포는 두모포 상류에 있었다」했다.

⑤ 경도잡지(京都雜誌)에 보면 「필운대 살구꽃, 북둔의 복숭아꽃, 홍인문 밖에 버들, 천연정 연꽃과 삼청동·탕춘대의 수석(水石)에, 놀이하고 시 짓는 사람들이 여기에 많이 모여들었다」했다. (『한성지략』)5)

---

5) 유본예 (저), 『漢城識略』, 권태익 (역), 탐구당, 1975, 207~208면 ; 이하 인용할 때는 기술의 편의상 구체적인 작품명과 해당 면수만을 적고자 한다. 또한 인용문의 문단 나누기, 기호, 밑줄은 필자에 의한 것임을 밝힌다.

『여지승람(輿地勝覽)』의 기록에 의하면 서울 팔경(⓵), 서울 십경(⓶), 남산 팔경(⓷)을 노래한 역대 문인들의 시 작품이 있다. 또한 『지봉유설(芝峰類說)』에서 서울 십경에 대한 보충 기사(⓸)를 확인할 수 있고, 『경도잡지(京都雜志)』에 의하면 필운대의 살구꽃, 북둔의 복숭아꽃, 동대문 밖에 버들, 천연정의 연꽃, 삼청동과 탕춘대의 수석은 풍류객들의 사랑을 받는다(⓹). 특히 살구꽃, 복숭아꽃, 버들이 유명한 필운대, 북둔, 동대문 밖은 봄의 경승처라고 할 수 있다. 계절의 순서에 따라서 봄의 경승처, 나들이를 먼저 살펴보자.

1) 춘화류(春花柳), 봄꽃과 버들

조선후기 서울에는 봄날에 꽃과 버들을 감상하는 '상화완류(賞花玩柳)'의 풍속이 있고,[6] 이를 '화류(花柳)'라고 이른다. 시쳇말로 꽃놀이라고 한다. 꽃놀이라고 하면 '화류(花遊)'라고 쓸 법도 한데, 화류(花柳)로 명명한 것은 꽃과 버들이 고운 봄의 특징을 나타내기 위함이다. 이것은 봄의 꽃놀이와 다른 계절의 꽃놀이를 변별할 수 있는 지칭이기도 하다.

---

6) 김경미·조혜란 (역주), 『19세기 서울의 사랑 / 절화기담, 포의교집』, 여이연, 2003, 62~63·109면 참고.

　　서울 풍속에 산언덕·물굽이에 나가 노는 것을 화류(花柳, 꽃놀이)라 한다. 이것은 곧 상사(上巳, 삼짇날)의 답청(踏靑)하는 데서 끼쳐진 풍속이다. 필운대(弼雲臺)의 살구꽃, 북둔(北屯)의 복사꽃, 흥인문(興仁門, 동대문) 밖의 버들이 가장 좋은 곳이고 여기에 사람들이 많이 모인다. (『동국세시기』, 삼월)[7]

　　19세기 중엽에 지어진 『동국세시기(東國歲時記)』 삼월(三月)의 월내(月內) 기사를 보면, 서울 풍속에 산언덕이나 물굽이에 나가 노는 것을 화류라고 한다. 이것은 삼짇날의 답청(踏靑)하는 데서 유래한 풍속이다. 필운대의 살구꽃, 북둔의 복숭아꽃, 동대문 밖에 버들이 화류하기 좋은 곳으로 사람이 많이 모인다. 앞서 살펴본 『경도잡지』의 기사와 대동소이하다. 이처럼 세시기(歲時記)들에서 공히 필운대와 동대문 밖은 봄날의 꽃과 버들이 유명한 곳으로 소개된다. 말 그대로 꽃과 버들, 화류를 만끽할 수 있는 필운대와 동대문 밖은 봄의 대표적인 경승처이다. 특히 필운대에 대한 여타의 기사에서 봄날의 꽃구경하기 좋은 명소라는 평가를 쉽게 찾아볼 수 있다.

　　필운대(弼雲臺)
　　성 안 인왕산 밑에 있다. 오성(鰲城) 부원군 이항복(李恒福)이 젊을 때에 필운대 밑에 있는 도원수(都元帥) 권율(權

---

7) 홍석모, 『東國歲時記』, 이석호 (역주), 『朝鮮歲時記』, 동문선, 1991, 76면.

慄)의 집이 처가이므로 거처하고 있어서 스스로 별호를 서운
(西雲)이라 하였다. 지금 석벽에 새겨져 있는 <필운대>라는
석 자가 즉 오성의 글씨라 한다. 필운대 옆에 있는 사람들의
집에 꽃나무들을 많이 심어서 성안 사람들이 봄날 꽃구경하
는 데는 먼저 여기를 손꼽으며 거리 사람들도 술병을 차고
와서 시를 짓노라 날마다 모여든다. 보통 거기서 짓는 시를
<필운대 풍월(風月)>이라 한다. 대 옆에 또 육각재[六角峴]가
있는데 즉 인왕산 기슭이다. 필운대와 함께 유명하다. (『한성
지략』, 202~203면)

인왕산 기슭에 육각재와 더불어 필운대는 봄날 꽃구경으로 유
명하다. 한마디로 필운대는 봄의 화류를 즐기기에 제격인 장소이
다. 이곳은 유명 인사의 운치 있는 일화도 전한다. 젊어서 이항
복은 처가(妻家)인 권율의 집에 머물게 된다. 처갓집은 필운대
아래에 있었고 여기에 거처하면서 이항복은 석벽에 '弼雲臺' 세
자를 새겨 놓는다. 바야흐로 필운대 주변은 집집마다 꽃나무를
많이 심어 봄의 행락객(行樂客)이 찾는 손꼽히는 장소이다.

기싱더른 누굴넌고 팔월부용군즈료 만당츄슈 홍연니 요렴
셤셤옥지갑 금분야도 봉션니 손다미기반벽도 츈긔만당 화봉
니 십니무순운무즁의 화복 벗던 치션니 슈원화슨양명옥니 심
여명 일등명기 호슈 단즁 여흔 읍시 일졀 등틱모도 츠려 가
화 칠보 단즁시겨 혹션혹후 압도 셔락 뒤도 셔락 평양집 의

양니는 독교 치힝 별노 츠려 압셰우고 무슉니는 후비ᄒ고 당
춘디 화젼ᄒ고 … (『게우사』, 328면)8)

실창(失唱) 판소리 <무슉이타령>(일명, 왈자타령)의 사설 정착
본인 『게우사』를 보면, 수석으로 유명한 탕춘대는 진달래꽃이 아
름답게 피는 장소이기도 하다. 서울에 이름난 왈자 무슉이는 평
양기생 의양을 비롯한 십여 명의 기녀를 데리고 탕춘대에서 화
전을 즐긴다. 시속(時俗)에 음력 3월 3일, 삼짇날이면 사람들은
산에 올라가서 진달래꽃을 뜯어다가 쌀가루에 반죽하여 참기름
을 발라서 꽃지짐을 만든다. 꽃지짐, 화전(花煎)은 봄의 입맛을
한층 돋우는 계절 음식이다. 또한 녹두가루에 진달래꽃을 섞어서
반죽하여 익히고, 이것을 가늘게 썰어 꿀을 타고 잣을 곁들인 화
면(花麪)을 만들어 먹는다. 혹은 꽃물로 붉게 물들여 꿀을 섞어
서 만드는 수면(水麵)도 별미라고 한다.9) 이처럼 편린의 기사를
하나하나 맞춰보면 봄의 화류를 비롯한 사계절 야흥을 재구할
수 있다.

---

8) 김진영·김현주 외 (편저), 『실창 판소리사설집』, 박이정, 2004.
9) 임동권, 『韓國 歲時風俗』, 서문당, 1973, 122면.

2) 하청풍(夏淸風), 여름의 맑은 바람

〈단오풍정(端午風情)〉
종이 채색(彩色) 35.6×28.2cm

조선후기 풍속화가(風俗畫家) 신윤복(申潤福, 1758~1813?년)의 <단오풍정(端午風情)>에서 여름날 여인들의 청풍을 엿볼 수 있다. <단오풍정>은 세시 풍속의 정황에서 이해할 수 있다. 음력 5월 5일 단오(端午)에 여인들은 창포물에 머리를 감

고 창포이슬에 화장을 한다. 또한 몸에 이롭다고 하여 창포이슬과 창포 삶은 물을 마신다. 마침내 음식을 장만하여 창포가 무성한 못가나 물가에 가서 물맞이 놀이를 한다. 머리를 감고 세안을 하며 은밀히(?) 목욕을 하기도 한다. 또한 튼튼한 나무 가지에 줄을 매어 놓고 그네를 뛴다.[10] 여인들은 그네뛰기와 물맞이 놀이를 하며 시원한 바람을 즐긴다. 이러한 정황이 화면에 담겨져 있다.[11] 정갈한 몸단장과 아슬아슬한 그네뛰기를 뒤로 하고 잔디밭

10) 한국민속사전편찬위원회, 『한국민속대사전』 1, 민족문화사, 1991, 335~336면 참고.

11) <단오풍정>을 비롯해 앞으로 다룰 신윤복의 풍속화는 간송미술관(澗

으로 가보자. 사내들의 야흥, 힘겨루기를 볼 수 있다.

> 산단(山壇)
> 바깥 남산에 있다. 즉 남단 옆 잔디밭이다. 서울 풍속에 매년
> 단오일에 나이 젊고 건장한 사람들이 짝을 지어서 씨름을 여기
> 에서 한다. 시정사람들의 구경꾼이 많다. (『한성지략』, 206면)

서울 남산에 있는 산단 옆 잔디밭에서는 단오(端午)에 젊고 건장한 사내들이 짝을 지어서 씨름을 한다. 씨름 관련 풍속화로는 김홍도(金弘道, 1745~1806?년)의 <씨름>과 <송음각저(松陰脚抵)>[12], 유숙(劉淑, 1827~1873년)의 그림으로 전해오는 <대쾌도(大快圖)> 등이 유명하다. 이 가운데 <대쾌도>(서울대박물관 소장)는 단오와 같은 경사스런 날에 성 밖 개활지에 뭇사람이 모여서 씨름과 태껸 시합을 벌이던 세태 풍속을 보여주고 있어 흥미롭다. 태껸과 씨름판을 중심으로 어른과 아이, 서민과 양반의 구경꾼들이 두루 모여 있다. 이 사이에 엿판을 들고 엿을 파는

松美術館)에 소장되어 있다.

12) <송음각저>는 국립중앙박물관에 소장된 '산수풍속도 8첩 병풍'의 한 폭으로서 <위교과객(危橋過客)>, <풍우행려(風雨行旅)>, <산곡연군(山谷練裙)>, <녹음납량(綠陰納凉)>, <홍군록의(紅裙綠衣)>, <채애(採艾)>, <산사방문(山寺訪問)> 등과 함께 전한다. 이 작품은 김홍도의 초기 화풍을 보여주는 산수, 인물, 서민의 풍속이 그려진 풍속화로 평가된다. 진준현, 『단원 김홍도 연구』, 일지사, 1999, 329~330면 참고.

〈대쾌도(大快圖)〉 종이 채색 105×54cm

엿장수가 보이고, 병술을 가져
다 놓고 술을 파는 들병장수
의 좌판이 눈길을 끈다. <대
쾌도>의 화면에 판소리 문학
의 기사를 중첩시켜 보면 더
욱 생동감 넘치는 정황을 확
인할 수 있다.

① 구경(求景)군 모인 데
는 호도(胡桃)엿장수가 먼저
아는 법(法)이었다. 갈삿갓 쓰
고 엿판 메고 가위 치며 외
고 온다. 「호도(胡桃)엿 사오,
호도(胡桃)엿 사오. 계피(桂
皮), 건강(乾薑)에 호도(胡桃)
엿 사오. 가락이 굵고 제 몸
이 유(柔)하고 양념 맛으로 댓

푼. 콩엿을 사려우, 깨엿을 사려우. 늙은이 해수(咳嗽)에 수수엿
사오.」(『변강쇠가』, 613면)[13]

② 어시 … 흔 곳을 다ᄃᆞᆮ니 길가의 쥬막 짓고 한 영감이
안즈셔 막걸니 팔며 청올치 쇠며 반나마 부르니 흐여시디 늙

____

13) 강한영 (교주), 『申在孝 판소리사설集(全)』, 민중서관, 1971.

어시니 다시 졈든 못ᄒ여도 이후나 늙지 말고 미양 이만이나 ᄒ엿고져 빅발이 졔 짐작ᄒ여 더듸 늙게 어시 쥬머니 써러 돈 ᄒ 푼 니여쥐고 술 ᄒ 잔 니란잇가 영감이 어시의 쏠을 보고 돈 몬져 니시오 쥐엿던 돈 니여쥬고 ᄒ 푼어치 졸나 바다먹고 닙 벗고 ᄒᄂ 말이 영감도 ᄒ 잔 먹으란잇가 영감이 딕답ᄒ듸 아스시오 그만두오 지나가ᄂ 힝인의게 무슴 돈이 넉넉ᄒ여 날을 술 먹이려시오 어시 딕답ᄒ듸 니가 무슨 돈이 잇셔 남을 술 먹일가 영감 술이니 출출ᄒ듸 한 잔이나 먹으란 말이지 영감이 골을 니여 ᄒᄂ 말이 니가 술을 먹던지 마던지 이녁 엇던 ᄉ람이완듸 먹어라 말아라 총집흠노 (『남원고사』, 121~122면)14)

신재효(申在孝, 1812~1884년)의 판소리 사설 『변강쇠가』에서 엿장수의 엿 파는 소리를 들을 수 있다. 구경꾼이 모인 데는 엿장수가 빠질 수 없다. 호두엿장수는 갈삿갓을 쓰고 엿판을 메고 어슬렁거린다. 두리번두리번 손님을 찾는 모습이 눈에 선하다. 엿장수는 가위 치는 장단에 맞춰서 목청껏 소리친다. '호두엿 사오, 호두엿 사오. 계피(桂皮), 건강(乾薑)에 호두엿을 사오. 가락이 굵고 부드러운 양념 맛으로 댓 푼. 콩엿을 사려우, 깨엿을 사려우. 늙은이 오래 앓는 기침에 좋은 수수엿을 사오.'(①) 마치 귓가에 들리는 듯하다.

---

14) 김진영·김현주 외 (편저), 『춘향전 전집』 5, 박이정, 1997.

19세기 서울에서 향유된 필사본 『남원고사』에서 술장수와 손님의 실랑이를 확인할 수 있다. 이어사는 거지 차림으로 암행(暗行) 중이다. 그는 술장수 영감과 옥신각신이다. 이어사가 '술 한 잔 주시오' 하자. 술장수는 어사의 꼬락서니를 보고 '돈 먼저 내시오' 한다. 어사는 주머니를 톡톡 털어서 한 푼어치 술을 사서 마신다. 그러면서 '영감도 한 잔 먹으라니까?' 하고 권한다. 어사는 '영감 술이니, 출출한데 한 잔 먹으라는 말이지' 자신이 돈을 내겠다는 것이 아니다. 술장수 영감은 '내가 술을 먹든지 말든지. 당신, 누군데 먹어라 말아라 참견이야!'라고 화를 낸다.(②) 영감은 덤벼들 기세이다.

시끌시끌한 군중사이에서 땀도 흘리고 목도 축이고 이만하면 나들이는 흥겹다. 이제 날도 덥고 시원한 바람을 찾게 된다. 본격적인 청풍은 여름날의 피서, 오늘날의 바캉스로서 산의 계곡과 강의 선상(船上)에서 이루어진다. 『한성지략』에서 청풍을 즐겼을 만한 장소를 찾아보면 다음과 같다.

수성동(水聲洞)
인왕산 기슭에 있다. 골짜기 깊고 그윽해서 물 맑고 바위 좋은 경치가 있어서 더울 때 소풍하기에 제일 좋다. 혹은 이 동리는 옛날 비해당(匪懈堂) 안평대군이 살던 터라 한다. 개울 건너는 다리가 있는데 이름을 기린교(麒麟橋)라 한다. (『한성지략』, 204면)

천우각(泉雨閣)

　남산 밑에 있다. 즉 남별영에 소속되는 관청이다. 개울을
걸쳐서 집을 지어 여름철 피서하기에 좋다. 석벽에 아계(丫
溪)란 두 글자를 새겼다. (『한성지략』, 207면)

　서울 북쪽, 인왕산 기슭에 수성동은 골짜기가 깊고 그윽해서
물이 맑고 바위가 좋은 경처이다. 이곳은 더울 때 소풍하기에 좋
다고 한다. 또한 서울 남쪽, 남산 아래에 천우각은 개울을 걸쳐
서 건물이 들어서 있다. 이곳도 여름철 피서하기에 좋다고 한다.
아울러 앞서 살펴본 것처럼 수석이 유명한 삼청동과 탕춘대 계
곡도 여름철 땀을 식히기에 좋았을 것이다. 이처럼 청풍의 최적
지는 수석이 좋은 곳이다.

　명산의 계곡을 찾아 물과 바위로 벗을 삼아서 피서를 즐기던
정황은 조선시대 정선의 <박연폭도>, 강세황의 <태종대도>, 신윤
복의 <납량만흥(納凉漫興)> 등에서 어렵지 않게 찾아 볼 수 있
다. 이 가운데 신윤복의 <납량만흥>은 서울의 산곡(山谷)을 배경
으로 하고 있어 흥미롭다. <납량만흥>을 비롯한 일련의 풍속화는
서울을 근거로 활동한 신윤복이 당대 서울 주변의 세태 풍속을
핍진하게 그려낸 것으로 평가된다.15) 그림을 살펴보면, 악공들의

---

15) 이문성, 「風俗畵에 나타난 朝鮮後期 社會와 蕙園의 삶」, 『한국학연
　　구』 14, 고려대 한국학연구소, 2001 ; 최완수 외 (편), 『澗松文華』 59,
　　한국민족미술연구소, 2000 참고.

〈납량만흥(納凉漫興)〉 종이 채색 35.6×28.2cm

음악에 맞춰서 선비와 기녀가 덩실덩실 사뿐사뿐 춤을 추고 있다. 이들의 춤사위를 두 선비가 편안한 자세로 앉아서 지켜보고 있다. 납량, 여름철 더위를 피해 서늘한 기운을 맛보는 정황을 실감할 수 있다. 여기서 해금을 연주하고 있는 악공의 험한 표정이 눈길을 끈다. 앉은 자리에 땀이 배었는지 악기를 다루는 손에 진물이 났는지, 인상이 심상치 않다. 시원한 계곡물에 몸을 담그면 기분이 나아지련만, 부름을 받는 악공에게는 힘겨운 일이다.

산의 계곡물은 흘러서 강물이 되듯이 청풍의 풍속은 강에서 한층 흥겹다. 한강에 나서보자.

창회정(蒼檜亭)

서빙고강 북편에 있다. 세조가 대군으로 있을 때에 항상 이 정자에 와서 놀다가 권람(權擥)을 만나서 한 번 보고 친하게 되어 뒷날 세조의 공신이 되었다. (『한성지략』, 208~209면)

강가 정자에서 강을 바라보던 경승처로 서빙고 강 북편에 창회정(蒼檜亭)이 있다. 여름날 강변만큼 시원한 곳이 있을지. 더욱이 강 위에 배를 띄운다면, 상상만으로도 상쾌하다.

〈주유청강(舟遊淸江)〉 종이 채색 35.6×28.2cm

강상에서 이루어지던 뱃놀이는 신윤복의 <주유청강(舟遊淸江)>을 통해서 눈으로 확인할 수 있다. 수려한 절벽을 배경으로 물결을 스치듯 떠가는 배가 보인다. 젓대와 생황 소리가 어우러진 선상(船上)의 풍류이다. 사내들과 여인네들의 흥이 느껴진다. 그들은 음악 소리를 뒤로 하고, 정다운 눈빛과 정담을 나눈다. 뱃전에 엎디어 강물에 손을 놀리는 여인의 흰 손이 인상적이다. 그녀를 빤히 바라보는 사내의 눈빛은 애틋하다. 반면 삿대를 젓는 사공은 힘겹게도 보이고 왠지, 못마땅해 보여서 웃음을 자아낸다. 한 장의 풍속화는 많은 사연을 담고 있는 듯하다.

한편 서울의 풍경이 다채롭게 묘사된 『한양가(漢陽歌)』(甲辰, 1844년)에 공물방(貢物房)의 뱃놀이, 선유놀음이 언급된다.[16] 또

---

16) 송신용 (교주), 『한양가』, 정음사, 1949, 67면.

한 선유놀음의 준비과정과 진행여정이 『게우사』에 자세하다. 『게
우사』는 판소리 12마당 가운데 하나로서 19세기 후반까지 창(唱)
으로 불렸던 판소리 <무숙이타령>(일명, 왈자타령)의 사설 정착
본이다. 서울의 한량(閑良)으로서, 왈자로서 무숙은 주색잡기(酒
色雜技)의 방탕한 생활을 일삼는다. 무숙은 기생 의양을 만나서
우여곡절(迂餘曲折)을 겪고 훗날 개과천선(改過遷善)하여 집안을
건사하는 떳떳한 사내구실을 하게 된다. 무숙이 한참 허랑방탕하
게 주색잡기에 전념할 때, 일화(逸話) 가운데 하나가 '서빙고 한
강이며 압구정 돌아들어 동작강 노들이며 용산 마포 서강이며
양화도' 등등 한강 일대를 십여 일 유람한 선유놀음 대목이다.[17]
이밖에 뱃놀이에 대한 기록은 풍속화뿐만 아니라 한시, 가사, 잡
가 등 여러 자료에서 확인된다.[18] 이처럼 여름의 청풍은 시원한
계곡과 강에서 이루어진다.

3) 추월명(秋月明), 가을의 밝은 달

추월명은 음력 8월 15일, 한가위의 달맞이 풍속에서 그 사례

---

17) 김진영·김현주 외 (편저), 앞의 책, 2004, 329~330면 참고.
18) 김나연, 「申潤福의 風俗畵 硏究」, 이화여대 대학원 석사학위논문,
    2001, 29~32면 ; 강명관, 『조선 사람들, 혜원의 그림 밖으로 걸어나
    오다』, 푸른역사, 2001, 183~190면 참고.

를 찾을 수 있다. 청명한 가을 하늘에 휘영청 밝은 달은 뭇사람들을 설레게 했으리라. 가을걷이를 마친 사람들은 여유로운 마음으로 나들이를 행한다.

앞서 살펴본 것처럼, 서울 십경(十景)에 제천정(濟川亭)의 달구경이 있다. 남산의 지맥과 한강이 만나는 강 언덕에 있던 제천정에 올라서 맞이하는 가을밤의 달구경은 운치를 자아낸다. 이것이 명사들이 노래한 '제천완월(濟川翫月)'이다.

한편 민속에서 음력 9월 9일을 중구절(重九節) 혹은 양수(陽數)가 겹쳤다고 하여 중양절(重陽節)이라고 한다. 이때는 삼짇날처럼 화전을 지져 먹으며 즐긴다. 중구절에 높은 산에 오르는 것이 좋다고 해서 집안사람들 혹은 마을계원들이 소풍을 간다.[19] 이것은 민간에서 즐기던 가을날의 화전놀이이다. 이미 잘 알고 있는 것처럼 화전놀이는 봄날에 행하기도 한다. 가을의 화전놀이가 봄날의 화전놀이와 다른 점이 있다면, 가을국화를 지져서 국화전을 만들어 먹는다. 더불어 높은 산에 올라 단풍을 즐긴다. 이는 단풍과 국화가 좋은 가을에 충분히 가능한 정황이다.

봄의 야흥을 꽃과 버들로써 정의하여 꽃 화(花), 버들 류(柳)의 화류(花柳)라고 명명한 것처럼, 가을 한낮의 야흥을 단풍과 국화로써 지칭하기도 한다. 단풍 풍(楓)과 국화 국(菊), 풍국(楓菊)의

---

19) 민속학회, 『한국민속학의 이해』, 문학아카데미, 1994, 118면.

기사는 19세기 시조시인 안민영(安玟英, 1816~1885년 이후?)의 『금옥총부(金玉叢部)』에서 확인할 수 있다. 『금옥총부』는 보기 드문 개인 창작가집(創作歌集)이라는 측면에서 흥미롭기도 하지만 당시 유흥공간의 면면을 그려내는 풍속자료로서 주목된다.[20]

> 三月 花柳 孔德里오
> 九月 楓菊 三溪洞를
> 我笑堂 봄 바름과 米月舫 가를 달를
> 어지버
> 六花ㅣ 紛紛時에 煮酒詠梅ᄒ시더라 (<금옥 100>)[21]

삼월 화류 공덕리오. 구월 풍국 삼계동을. 아소당의 봄바람과 미월방의 가을 달을. 어즈버 눈꽃이 흩날릴 제 술을 데우고 매화를 노래하시더라.

이어서 부기(附記)에 봄·여름은 공덕리, 가을·겨울은 삼계동이라고 되어 있다.[22] 공덕리의 아소당과 삼계동의 미월방은 흥선 대원군의 휴식처라고 한다. 이미 알려진 것처럼, 흥선 대원군은

---

20) 이문성, 「『金玉叢部』의 性的 語彙에 대한 試論」, 『한국학연구』 21, 고려대 한국학연구소, 2004 참고.

21) 안민영 (원저), 『금옥총부』, 김신중 (역주), 박이정 2003, 127면. 이하 『금옥총부』 소재 작품과 해당 부기를 인용할 때는 편의상 약칭과 작품번호(예, <금옥 100>)만 기입하고자 한다.

22) <금옥 100>, 春夏孔德里 秋冬三溪洞.

안민영의 대표적인 후원자이다. 아소당과 미월방은 일개 권력자가 점유한다지만 공덕리의 화류와 삼계동의 풍국은 만민(萬民)이 즐겼을 것이다. 안민영의 시에서 풍국의 서늘한 일면을 확인한다. 보다 열린 공간으로 나서보자.

> 쌍회정(雙檜亭)
> 남산 밑 창동천 앞에 있다. 돌 틈 샘물과 신나무·아구나무 같은 것이 많아서 九월 단풍 때 놀이하기에 좋다. 또 칠송정 (七松亭)이란 것이 남산 기슭에 있는데 정자는 아니고 일곱 그루의 큰 소나무가 놓은 곳에 있어서 올라서 도성을 바라보는 데 좋다. (『한성지략』, 207면)

남산 아래 창동(倉洞)에 쌍회정이 있고 주변에 신나무와 아구나무가 많아서 음력 9월이면 단풍이 좋다. 여기서 출발해서 일곱 그루의 큰 소나무가 있는 칠송정을 지나서 남산에 올라보자. 음력 9월 9일, '중구절에 산에 오르기(九日登高)'는 남산 팔경(八景)의 하나이다. 한낮에 단풍구경, 한밤에 달구경이 좋았을 가을 남산의 야흥을 아쉬워하며 겨울로 향한다.

4) 동설경(冬雪景), 겨울 눈경치

겨울의 세시 풍속에서도 달구경은 확인된다. 서울에서 정월 대보름, 달이 뜰 무렵이면 사람들은 산에 올라 달맞이를 한다. 한 겨울이라 춥긴 하지만 횃불을 만들어 가지고 산에 올라서 달이 뜨기를 기다린다. 동쪽 하늘이 붉어지고 대보름달이 솟을 때, 사람들은 횃불을 땅에 꽂고 두 손을 모아 저마다의 소원을 빈다. 농부는 풍년을 빌고, 도령은 과거급제를 빌며, 총각은 장가들기를, 처녀는 시집가기를 기원한다.[23] 19세기 중후반 '경직도(耕織圖) 병풍'의 <달구경>(독일 게르트루드 크라센 소장)을 보면, 구경꾼들은 고개를 90도로 젖히고 산 위에 우뚝 솟은 겨울 보름달을 바라보고 있다.[24] 그 소박한 모습과 바람에서 삶의 정감이 느껴진다.

겨울의 설경에 대한 기사를 『한성지략』에서 살펴보면, 서울의 십경(十景) 가운데 하나로서 양화도의 설경(楊花踏雪)이 있다. 양화도(楊花渡)는 한강 북안(北岸)에 있던 나루로서 흔히, 양화진(楊花津)이라고 부른다. 이곳은 서울과 강화를 잇는 교통의 요지이며 삼남 지방에서 올라온 세곡(稅穀), 세금으로 거둔 곡물의 집결지이다. 이 지역은 정자가 많고 아름다운 곳으로 이름이 높았다고 한다. 바다에 내리는 눈만큼이나 한강에 내리는 눈은 볼 만하리라. 이것이 양화진의 눈 구경이다.

---

23) 『한국민속의 세계』, 고려대 민족문화연구원, 2001, 75면.

24) '경직도 병풍'의 <달구경>은 작자 미상, 19세기 중후반 작품으로 소개된다. 이태호, 『풍속화(둘)』, 대원사, 1996, 96면 그림.

〈설중행사(雪中行事)〉
비단 담채(淡彩)
100×49cm

〈설후야연(雪後野宴)〉
비단 담채
100×49cm

겨울날에 눈을 구경하는 정황은 김홍도의 '풍속도 8첩 병풍'(프랑스 국립기메동양박물관 소장) 중에 제7폭 <설중행사(雪中行事)>와 제8폭 <설후야연(雪後野宴)>에서 확인할 수 있다.25) <설중행사>에 보면, 눈이 내리는 거리에서 방한복을 멋스럽게 차려입은 세 기녀와 한 사내가 눈길을 끈다. 그 곁에 어린 시종도 보인다. 이들은 누구를 더 기다리는지 어디로 갈지를 상의하는지 잠시, 멈춰 서서 환담을 나눈다. 이들에게 행인의 시선이 모아진다. 빠끔히 대문을 열고 바깥을 내다보는 여인의 모

---

25) '풍속도 8첩 병풍'은 제1폭 <노상송사(路上訟事)>, 제2폭 <기방쟁웅(妓房爭雄)>, 제3폭 <가두매점(街頭買占)>, 제4폭 <노상풍정(路上風情)>, 제5폭 <후원유연(後苑遊宴)>, 제6폭 <파안흥취(破鞍興趣)>, 제7폭 <설중행사>, 제8폭 <설후야연>으로 이루어져 있다. 이것은 서민적·현실적 취향이 잘 드러난 작품으로 평가된다. 진준현, 앞의 책, 331~332면 ; 국립문화재연구소, 『프랑스 국립기메동양박물관 소장 한국문화재』, 예맥, 1999, 90~96면 참고.

〈설후야연〉의 부분

습이 웃음을 자아낸다. 〈설중행사〉의 화면이 눈 구경의 출발을 보여주고 있다면 이어지는 〈설후야연〉은 본격적인 눈 구경의 정황을 확인시켜 준다. 저 멀리 성곽이 보이고 온통 눈이 덮인 풍경이다. 눈꽃을 이고 있는 소나무 곁에 두툼히 자리를 깔고 사람들이 옹기종기 모여 있다. 여인들이 화롯불에 고기를 굽고 사내들은 젓가락질로 고기를 맛나게 먹는다. 술병을 끼고 있는 영감은 여인에게 고기 한 점을 청한다. 여인이 슬며시 돌아앉아 안주를 집어서 먹이려는 순간이다. 자리가 차가운지 엉덩이를 들고 엉거주춤 앉은 사내, 젓가락을 들고 헐레벌떡 뛰어드는 사내 등등의 모습이 실감난다. 식후경(食後景)이라고 했던가. 겨울의 설경에도 술과 안주는 함께 한다.

이처럼 야외에서 설경을 즐기고 때때로 산방(山房)을 찾는다. 안민영의 시를 통해서 겨울철 산방의 풍경을 확인할 수 있다.

梅影이 부드친 窓예
玉人金釵 비겨신져
二三 白髮翁은 거문고와 노릭로다
이윽고
盞 드러 勸하랼 져 달이 쏘한 오르더라 (<금옥 6>)

매화 그림자 부딪친 창에 미인의 금비녀 비껴있네. 두세 노인은 거문고와 노래로다. 이윽고 잔 들어 권하려할 제 달이 또한 오르더라.

그 부기를 살펴보면 시를 짓게 된 사연을 확인할 수 있다. 1870년 겨울, 안민영은 기생들을 데리고 스승 박효관의 운애산방을 찾아서 노래와 거문고 소리를 즐긴다. 박효관은 매화를 몹시 사랑하여 손수 새 순을 다듬어서 책상 위에 놓았다. 마침 몇 송이 매화가 살포시 피어서 향기가 그윽하다. 이에 안민영은 우조 일편 팔절의 <매화사(梅花詞)>를 짓는다.26) 이처럼 산방과 같은 실내에서 시를 짓고 풍류를 즐기며 매화를 피우는 일은 또 다른 겨울의 풍경이다.

마지막으로 사계절의 야흥을 노래한 시조 한 수를 더 살펴보자.

---

26) <금옥 6>, 余於庚午冬 與雲崖朴先生景華 吳先生岐汝 平壤妓順姬 全州妓香春 歌琴於山房 先生癖於梅 手裁新筍 置諸案上 而方其時 也 數朶半開 暗香浮動 因作梅花詞 羽調一篇八絶.

　　① 酒債ᄂ 尋常行處有ᄒ니 人間七十 古來稀라
　　② 春花柳 夏淸風과 秋月明 冬雪景에 南鄰 北村 다 請ᄒ
야 無盡無盡 노싀 그려
　　③ 人生이 아츰 이슬이라 아니 놀고 어이ᄒ리
　　(가람본 『청구영언』)27)

술빚은 가는 곳마다 있나니 인생 칠십이 예부터 드문 일이라(①). 봄의 화류, 여름의 청풍, 가을의 월명, 겨울의 설경에 남녘 이웃과 북촌사람 다 청하여 무진장 놀아보세(②). 인생이 아침 이슬이라, 아니 놀고 어이하리(③). 이 작품은 아등바등하지 말고 유한한 인생이니 계절을 따라서 즐기자는 시이다. 중장에 남녘이 웃과 북촌사람이 한바탕 놀아보자는 시구에 울림이 있다. 위의 시조를 끝으로 봄의 화류, 여름의 청풍, 가을의 월명, 겨울의 설경을 되새기며 이만 사계절의 야흥을 마친다.

조선후기 서울의 풍속 관련 기록과 예술에 나타난 사계절 야흥을 정리하면 다음과 같다. 봄의 화류(花柳)는 꽃과 버들을 구경하는 풍속으로서 서울의 필운대·탕춘대·동대문 밖 등이 유명하다. 이에 대한 기사는 『동국세시기』, 『한성지략』, 『계우사』 등에서 확인된다. 여름의 청풍(淸風)은 시원한 계곡과 강을 찾아서

---

27) 심재완 (편저), 앞의 책, 1972, 961면.

즐기는 일종의 피서이다. 청풍의 명소는 서울 주변의 산곡(山谷)과 한강 일대이다. 그 정황은 신윤복의 <납량만흥>, <주유청강> 등에 나타나 있다. 가을의 월명(月明)은 가을밤의 밝은 달을 구경하는 야흥이다. 남산의 지맥과 한강이 만나는 강 언덕에 제천정이 달구경의 명소이다. 한편 낮에는 풍국(楓菊), 단풍과 국화를 감상한다. 이에 대한 정황은 『한성지략』과 민속 관련 기록에서 확인할 수 있다. 겨울의 설경(雪景), 눈 구경은 한강의 양화진이 명소로 손꼽힌다. 김홍도의 <설중행사>, <설후야연>은 눈 구경의 정황이 자세하다. 또한 안민영의 『금옥총부』에서 겨울 산방(山房)의 풍류도 확인할 수 있다.

2. 향촌 서민의 생활상

조선후기 전북 고창 사람인 신재효(申在孝 ; 1812~1884년)는 사설과 단가 10여 수를 비롯한 판소리 관련 자료를 남긴다.[28] 신재효가 정리한 판소리 여섯 마당의 사설은 판소리사에 있어서 소중한 자료가 될 뿐만 아니라, 조선후기 예술과 사회상을 살펴

---

28) 이훈상, 「19세기 전라도 고창의 鄕吏世界와 申在孝」, 『고문서연구』 26, 한국고문서학회, 2005 ; 강한영 (교주), 『申在孝 판소리사설集(全)』, 민중서관, 1971 참고.

는 데 귀중한 자료이다.

신재효의 판소리 사설은 『춘향가』·『심청가』·『토별가』·『박타령』·『적벽가』·『변강쇠가』 등의 여섯 마당이다. 이 가운데 『심청가』·『박타령』·『변강쇠가』는 조선후기 서민군상을 대상으로 하여 작품의 인물과 정황을 그리고 있어 눈길을 끈다. 해당 작품을 통해서 서민 대중의 일상사(日常事), 시절 풍속(時節風俗), 연희 풍속(演戲風俗)을 확인할 수 있다.

이 글은 『심청가』·『박타령』·『변강쇠가』를 주 대상으로 하여 조선후기 서민의 생활상, 시절 풍속, 연희 풍속을 살펴보고자 한다. 이를 통해서 신재효 사설이 갖는 판소리사적 가치와 더불어 조선후기 사회·예술사적 가치를 구명하고자 한다.

1) 서민의 생활상

신재효 사설, 『심청가』·『박타령』·『변강쇠가』에는 조선후기 서민의 일상이 핍진하게 그려져 있다. 노동을 근간으로 한 생활상이 자세하다.29) 특히 『박타령』은 서민의 처량하고 고단한 삶이

---

29) 논의의 집중을 위해서 『춘향가』·『토별가』·『적벽가』는 연구 대상에서 잠시 미루어 두기로 한다. 서민 남녀를 주인공으로 한 『심청가』·『박타령』·『변강쇠가』의 점검 이후에 여타 작품을 살펴보고자 한다. 참고로 각각의 사설{『심청가』(1870~1873년), 『박타령』(1870~1873

잘 그려져 있다. 처량하지만 선량(善良)한 흥보는 부유하지만 부덕(不德)한 형 놀보에게 쫓겨나 부랑생활을 한다. 피폐한 생활 끝에 흥보는 품팔이를 나선다.

흥보(興甫)가 품을 팔 제,

① 매우 부지런히 서둘러 상평하평(上坪下坪) 김매기, 원산근산(遠山近山) 시초(柴草)베기, 먹고 닷 돈 받고 장 서두리, 십리(十里)에 돈 반 승교(乘轎)메기, 신산(新産) 석어(石魚) 밤짐지기, 시(時)매긴 공사(公事) 급주(急走)가기, 방(房) 뜯는 데 조역(助役)군, 담 쌓는 데 자갈줍기, 봉산(鳳山) 가서 모내기 품팔기, 대구령(大邱令)에 약태전(藥駄傳), 초상(初喪)난 집 부고(訃告) 전(傳)키, 출상(出喪)할 제 명정(銘旌)들기, 공관(空官)되면 상직(上直)하기, 대장간에 풀무불기, 멋있는 기생(妓生) 아씨 타관애부(他官愛夫) 편지(便紙) 전(傳)키, 부자(富者)집 어린 신랑(新郎) 장가들 제 안부(雁夫)서기, 들병장수 술짐지기, 초라니 판에 무투놓기, 아무리 벌어도 시골서는 할 수 없다.

② 서울로 올라가서 군치리집 종 노릇하다가, 소주(燒酒) 가마 눌려 놓고 뺨 맞고 쫓겨와서 매품 팔러 병영(兵營)에 갔다가는 비교 밀리어서 태장(笞杖) 한 개 못 맞고서 빈손 쥐고 돌아오니 (『박타령』, 351∼353면)30)

___

년), 『변강쇠가』(1881∼1884년)}은 신재효의 노년(老年)에 이루어진 것으로 추정된다. 강한영(교주), 앞의 책, 33면.

30) 강한영 (교주), 앞의 책, 351∼353면 ; 이하 신재효 사설을 인용할 때

가세요부(家勢饒富)한 놀보에게 쫓겨나서 유리걸식하던 흥보는 호되게 마음을 먹고 품팔이를 나선다. 흥보는 살아보겠다는 일념으로 시골과 도시를 가리지 않고 다니면서 부지런히 일에 임한다. 흥보의 삯일은 시골생활(①)과 서울생활(②)의 사례로 소개된다.

흥보는 높고 낮은 땅 가리지 않고 김매기, 먼 산 가까운 산 꺼리지 않고 땔나무 풀베기, 장터 심부름하기, 십리(十里)에 반 돈 받고 가마메기, 새로 잡은 조기 등짐지기, 관아(官衙)의 소식 전하기, 방 고치는 데 보조하기, 담 쌓는 데 자갈 줍기, 모내기철 품 팔기, 약재(藥材) 짐 옮기기, 부고(訃告) 전하기, 출상(出喪)에 명정(銘旌)들기, 대리 숙직(宿直)서기, 대장간에 풀무불기, 기생의 편지 전하기, 부잣집 결혼식에 기러기 들기, 들병장수 술짐지기, 초라니 연희판에 장대놓기, 아무리 애를 써도 시골생활에 힘이 부친다(①).

흥보는 서울로 올라가서 술집의 종노릇하다가 소주(燒酒) 가마를 망쳐 놓고 뺨 맞고 쫓겨나기도 하고, 병영(兵營)에 매품팔이 갔다가 차례가 밀리어 빈손으로 돌아오기도 한다(②). 서울생활도 빈곤한 흥보에게는 녹록치 않다.

흥보의 품팔이는 조선후기 임노동자(賃勞動者)의 다종다양한

는 논의의 편의상 구체적인 작품명과 해당 면수만을 적고자 한다. 또한 원문의 문단 나누기·기호·밑줄은 필자에 의한 것임을 밝힌다.

노동 사례를 나열하고 있다. 이처럼 다종다양한 사례·품목의 나열은 판소리 예술이 갖는 서술 방식의 하나이다. 때로는 과장된 서술로 간주되기도 하지만, 홍보의 품팔이와 앞으로 확인하게 될 홍보 아내의 품팔이 경우는 현실의 핍진한 반영으로 볼만하다. 홍보의 품팔이가 남성의 임노동(賃勞動) 사례를 보여주고 있다면, 이어지는 홍보처(興甫妻)의 품팔이는 여성의 임노동 사례를 보여준다.

홍보(興甫) 아내가 품을 판다.
1 오뉴월(五六月) 밭매기와 구시월(九十月) 김장하기, 한 말[斗] 받고 벼훑기와 입만 먹고 방아찧기, 삼[麻]삶기, 보(洑) 막기와 물레질, 베짜기와 머슴의 헌 옷 짓기, 상고(喪故)에 빨래하기, 혼(婚)장가에 진일하기, 채소(菜蔬)밭에 오줌주기, 소주(燒酒) 고고 장달이기, 물방아에 쌀 까불기, 밀 맷돌 갈 제 집어넣기, 보리갈 제 망웃놓기, 못자리 때 망초뜯기,
2 아이 낳고 첫 국밥을 제 손으로 해 먹고, 운기(運氣)를 방통(放通)하되 절구질로 땀을 내니, 한 때도 쉬지 않고 밤낮으로 벌어도 늘 굶는구나. (『박타령』, 353면)

홍보가 번번이 빈손으로 돌아오자 홍보처는 직접 품을 판다. 그녀의 품팔이는 오뉴월 밭매기, 구시월 김장하기, 한 말 받고 벼 훑기, 입만 먹고 방아 찧기, 삼 삶기, 둑 쌓기, 물레질, 베 짜

기, 옷 짓기, 초상집에 빨래하기, 혼사 집에 물일하기, 채소밭에 오줌주기, 소주(燒酒) 고기, 장달이기, 물방아에 쌀 까불기, 맷돌 갈 때 밀 집어넣기, 보리 갈 때 밑거름하기, 못자리 때 거름풀 뜯기 등이다(①). 흥보처는 아이 낳고 절구질로 몸을 풀며, 한때도 쉬지 않고 밤낮으로 품팔이에 애를 써도 늘 굶주린다(②). 찌든 가난은 애써 노동으로 해결될 기미가 보이지 않는다.

흥보처의 품삯은 '쌀 한 말' 혹은 '식사 제공' 정도로 보잘것없는 것이나(①의 밑줄), 그녀의 품팔이는 여염집 여성의 임노동이다. 그녀의 노동은 일용직이지만 사회적으로 떳떳한 직업을 바탕으로 한다.

반면 『변강쇠가』에서 옹녀의 노동은 흥보처의 노동과는 층위가 다르다. 한결 험한 생계활동을 여실히 보여준다.

연놈이 손목 잡고, ① 도방 각처(各處) 다닐 적에 일(一) 원산(元山), 이(二) 강경(江景)이, 삼(三) 포주(浦州), 사(四) 법성(法聖)이 곳곳이 찾아다녀, ② 계집년은 애를 써서 들병장사, 막장사며, 낮부림, 넉장질에 돈냥 돈관 모아 놓으면, ③ 강쇠놈이 허망(虛妄)하여 댓 냥내기 방때리기, 두 냥 패에 가보하기, 갑자꼬리 여수(與受)하기, 미골(尾骨)회패 퇴기질, 호홍호백(呼紅呼白) 쌍륙(雙六)치기, 장군 멍군 장기(將棋)두기, 맞쳐먹기 돈치기와 불러먹기 주먹질, 걸개두기 윷놀기와 한 집 두 집 고누두기, 의복(衣服) 전당(典當) 술먹기와 남의 싸

<u>움 가로막기</u>, 그 중(中)에 무슨 비위(脾胃) 강새암, 계집치기,
밤낮으로 싸움이니 암만해도 살 수 없다. (『변강쇠가』, 541∼
543면)

옹녀와 변강쇠는 도방 각처, 전남 원산, 충남 강경, 전북 줄포
(茁浦), 전남 영광 법성포(法聖浦) 등의 포구(浦口)를 찾아다닌다
(①).31) 그들은 포구 주변의 파시(波市), 어시장(魚市場)을 떠도
는 유랑생활을 한다. 옹녀는 병술을 파는 들병장사, 가림 없이
닥치는 대로 내다가 파는 막장사, 낮 동안만 부름을 받아 일하는
낮부림, 날품의 넉장질에 애를 써서 양돈, 관돈을 모은다(②).
　옹녀의 경제활동은 앞서 살펴본 홍보처의 노동과는 질적인 차
이를 보인다. 예를 들어, 옹녀의 들병장사는 가난하더라도 여염
집 여인에게는 가당찮은 일이다. 『박타령』에서 가난을 한탄하며
홍보처가 '탁문군의 본을 받아 술장수를 하여 볼까'하고 제안하
자, 홍보는 '자네, 그게 웬 소린가. 죽었으면 그저 죽지, 자네 시
켜 술 팔겠나.'라고 아내를 달래어 놓고 품을 팔러 나선다.32) 정
히 어려우면 사내인 홍보가 들병장수의 술짐을 질망정,33) 여염집

---

31) 『박타령』에서 홍보는 '원산·강경·포주·법성'을 '포구(浦口)'로서 '비
　　린내에 속 뒤집혀' 진다고 언급한다(333면). 따라서 『변강쇠가』의 해
　　당 지역은 포구로 여겨진다.
32) 『박타령』, 351면.
33) 『박타령』, 351면.

여인인 흥보처에게는 꺼려야 하는 험한 일이다. 흔히 들병장수 여인을 '들병이'라 하고, 들병이는 술병을 들고 다니면서 술과 웃음과 몸을 팔았던 것으로 알려져 있다.

따라서 흥보처의 품팔이는 가난하지만 여염집 여성의 임노동이라고 한다면, 옹녀의 노동은 한층 하층 여성의 험한 생계활동이다. 이처럼 신재효 사설은 사소한 듯하지만 어휘의 낱낱을 변별하여 곡진한 정황을 그리고 있다.

옹녀가 도방 살림에 애를 써서 재화를 모아 놓으면, 변강쇠는 허망하게 다 털어먹는다. 변강쇠는 '윷으로 하는 방 때리기, 골패로 하는 가보잡기, 갑자꼬리 … 주사위로 하는 쌍륙치기, 내기 장기두기, 돈치기, … 걸개두기 윷놀기, 말판에 고누두기, 의복을 전당잡혀 술 먹기, 남의 싸움 껴들기' 등등을 일삼는다(③). 그 각각의 의미를 새기기 어렵고 신기한 종목이 나열되어 있다.

변강쇠의 허망한 행태를 옹녀는 잡기(雜技)라고 칭한다.[34] 변강쇠의 잡기를 통해서 조선후기 허망한 놀이 문화를 엿볼 수 있어 흥미롭다. 이처럼 변강쇠의 노름 종목을 잡기라는 용어로 명명한 것은 옹녀만의 개인적인 표현은 아니다. 잡기는 도박과 함께 노름 종목을 두루 지칭하는 조선후기 일상적인 용어이다.

잡기가 도박, 노름의 의미로 사용된 구체적 사례는 조선후기

---

34) "간신(艱辛)히 모은 전량(錢糧)을 잡기(雜技)로 다 없애고" 『변강쇠가』, 581면.

편지와 소설 등에서 확인할 수 있다. 양반가의 자제로서 도박에 빠진 친구에게 잡기(雜技)를 멀리하라고 당부하는 18세기 관료였던 유한준(兪漢雋)의 편지를 예로 들 수 있다. 또한 조선후기 소설 『이춘풍전』에서 이춘풍이 술과 여색 및 투전과 골패를 알지 못하는 삶보다 주·색·잡기, 주색잡기 사랑하기를 남아의 상사(常事)라고 언급한 부분은 눈길을 끈다.35) 주·색·잡기는 방탕아의 대표적인 행태를 의미하는 일상용어이다. 이처럼 작품 내에서 확인되는 어휘는 헛되이 사용되는 법이 없다. 당대 사회의 정황과 정서를 반영한다.

여기서 신재효 사설에 나타난 또 다른 여성의 품팔이를 하나 더 살펴보자. 『심청가』의 곽씨 부인의 품팔이는 남다른 의의를 가진다. 곽씨 부인은 눈먼 남편인 심봉사를 대신하여 다음과 같은 경제활동을 한다.

송곳 세울 땅이 없고, 응문(應門)할 아이 없어 가련(可憐)한 곽씨부인(郭氏夫人) 몸을 바쳐 품을 팔 제, ① 삯바느질 관대(冠帶) 도복(道服) 행의(行衣) 창의(氅衣) 직령(直領)이며, 협수(夾袖) 쾌자(快子) 중치막 남녀의복(男女衣服) 잔누비질 상침(上針)질 외올뜨기 곧추누비 솔오리기 세답(洗踏) 빨래 푸새 마전 하절의복(夏節衣服) 한삼(汗衫) 고의(袴衣) 망건(網

---

35) 강명관, 『조선의 뒷골목 풍경』, 푸른역사, 2003, 100~101·108~109면 참고.

巾) 꾸며 갓끈 접기 배자(褙子) 단추 토시 버선 주머니 쌈지
약낭(藥囊) 필낭(筆囊) 휘양 볼끼 복건(幞巾) 풍차(風遮) 처네
주의(周衣) 이불이며, 베갯모에 쌍원앙(雙鴛鴦)과 흉배(胸背)
에 쌍학(雙鶴) 놓기/ ② 토주(吐紬) 갑주(甲紬) 분주(盆紬) 표
주(縹紬) 명주(明紬) 생초(生綃) 춘포(春布)이며, 삼베 백저(白
苧) 극상(極上) 세목(細木) 삯 받고 맡아 짜기,/ ③ 청황(靑黃)
적흑(赤黑) 침향(沈香) 유록(柳綠) 온갖 염색(染色) 맡아 하
기,/ ④ 초상(初喪) 난 집 원삼(圓衫) 제복(祭服),/ ⑤혼대사
(婚大事) 음식숙정(飲食熟政), 갖은 증편, 중계(中桂) 약과(藥
果) 박산(薄饊) 과잘 다식(茶食) 정과(正果) 냉면(冷麪) 화채
(花菜) 신선로(神仙爐)며, 갖은 찬수(饌需) 약주(藥酒) 빚기,/
일년(一年) 삼백(三百) 육십일(六十日)에 잠시(暫時)도 놀지
않고 품을 팔아 모을 적에 푼(分)을 모아 돈 만들고, 돈을 모
아 양(兩) 만들어 양(兩)을 지어 관돈 되니,/ ⑥ 일수체계(日
收遞計) 장리변(長利邊)을 근(近) 이웃 사람들께 착실(着實)
한 곳 빚을 주어 실수(失手) 없이 받아들여,/ 춘추시향(春秋時
享) 봉제사(奉祭祀), 앞 못 보는 가장(家長) 공경(恭敬) 시종
(始終)이 여일(如一)하니, 상하(上下) 인민(人民) 노소간(老少
間) 곽씨부인(郭氏夫人) 어질단 말 뉘 아니 칭찬(稱讚)하리.
(『심청가』, 157~159면)

  곽씨 부인의 품팔이는 삯바느질하기(①), 직물 짜기(②), 염색
하기(③), 초상집 예복 만들기(④), 결혼 잔칫집 음식 장만하기
(⑤) 등등 다종다양하다. 이처럼 곽씨 부인은 품을 팔아서 푼푼

이 모아 돈을 만들고, 돈을 모아서 양돈을 지어 관돈을 모은다. 그 돈을 이용해서 일수체계(日收遞計)와 장리변(長利邊)의 방법으로 이웃사람에게 빌려주고 이자를 받아서(⑥) 집안 대소사를 돌보고 심봉사를 구완한다.

여기서 홍미로운 점은 한 푼 두 푼 모아서 이웃에 돈을 꿔주고 이자를 받는 곽씨 부인의 재산증식법이다. 이것은 본전과 이자를 일정한 날짜로 나누어 날마다 거둬들이는 일수체계와 봄에 꾸어준 곡식을 가을에 1.5배로 거둬들이는 장리변의 방식이다. 기사의 내용이 구체적이라는 점에서 눈길을 끈다. 더욱이 사사로운 돈거래 일명, 사채(私債)에 대하여 긍정적인 시선으로 다루고 있어 홍미롭다. 마을 사람들은 이러한 곽씨 부인을 '현철(賢哲)'하다고 평가한다.36)

자고(自古)로 색계상(色界上)에 영웅(英雄) 열사(烈士) 없었거든 심봉사(沈奉事)가 견디겠나. 동내(洞內) 과부(寡婦) 있는 집을 공연(空然)히 찾아 다녀 선웃음 픗장담(壯談)을 무한(無限)히 하는구나. 「허, 펴. 돈이라 하는 것을 땅에 묻지 못할 거고. 맹인(盲人) 혼자 사는 집에 돈 두기가 미안(未安)키에 후원(後園)의 땅을 파고 돈 천이나 묻었더니 이번에 구멍 뚫고 가만히 만져 보니 꿰미는 썩어지고 삼노에 돈이 붙어 한 덩이를 만져 보면 천연(天然)한 말좇이지. 쌀 묵으니 우습더

---

36) 『심청가』, 169면.

구. 벌레가 집을 지어 한 되씩이 엉기었지. <u>올 어장(漁場)이 어찌 된고 갯가 사람 빚 준 돈이 그렁저렁 천여(千餘) 냥(兩), 고기를 잘 잡아야 수세(收稅)가 탈(頉) 없을새,</u> 원원(元元)이 좋은 약(藥)을 동삼(童參) 위에 없을래라, 공교(工巧)히 젊었을 제 두 뿌리 먹었더니 지금(只今)도 초저녁에 그것이 일어나면 물동잇군 당기도록 그저 뻣뻣하였거든.」 풍담(風談)을 버썩 하니, … (『심청가』, 213면)

처자식을 모두 잃고 넋이 나갔는지 심봉사는 동네 과부를 찾아다니며 풋장담을 늘어놓는다. 다소 과장되고 허망하지만, 어장(漁場)에 돈을 빌려주고 수세(收稅)를 거둬야 한다는 심봉사의 말이 눈길을 끈다(밑줄). 이처럼 돈을 빌려주고 이자를 받는 사채는 치산(治産)의 수단으로써, 증권사나 은행이 없었던 당시로서는 수익성 높은 투자 방식이다.

사채 관련 기사는 신재효 사설 외에 여러 이본에서 확인된다.37) 따라서 사채에 대한 왜곡된 시선을 특정인의 의식으로만 볼 수는 없다. 때때로 일수체계나 장리변은 고리(高利)로서 채무자 입장에서는 큰 부담이 되었을 것이다. 해당 기사를 통해서 없는 이에게는 여러모로 녹록치 않았을 조선후기 사회의 일면을

---

37) 예를 들어, 경판 20장본(1-뒤), 완판 71장본(2-앞), 필사본 가람본 46장본(2-앞) 등이다. 김진영·김현주 외 (편저), 『심청전 전집』 3, 박이정, 1998.

확인할 수 있다.

2) 시절 풍속

심청을 출산한 후에 곽씨 부인은 병을 얻어 급기야 숨을 거둔다. 도화동 주민들은 '십시일반(十匙一飯)으로 매호(每戶) 한 돈 추렴 놓아 감장(勘葬)'하여 준다.[38] 짧게 갈무리된 기사이지만, 동네 주민이 추렴하여 가난한 이웃의 장례를 치르는 미풍을 확인할 수 있다. 넉넉하지 않지만 서로 돕고자 했던 조선후기 서민 대중의 푸근한 일면을 보여준다. 아울러 동네 여인들은 젖먹이 심청을 위해 장기간 '추렴'을 마다하지 않는다.

> 낮이면 ① 동냥젖과 밤이면 암죽(粥)으로 간신(艱辛)히 기르는데, 두서 너 달 지나가니 심봉사(沈奉事)가 젖 동냥에 이력(履歷)이 났구나. 오뉴월(五六月) 더운 날에 상하평(上下坪) 밭 매는 데, 관솔불 피워 놓고 품앗이 삼 삼는 데, 청천(淸泉) 백석탄(白石灘)에 의복(衣服) 빨래하는 데며, 팔월(八月) 추석(秋夕) 구월(九月) 구일(九日) 사양머리 파랑치마 ② 중로(中路)보기 하는 데를 곳곳에 찾아 가서 추렴 젖으로 먹인 것이 잔병(病) 없이 수이 자라 사(四), 오세(五歲)가 되었구나. (『심청가』, 175면)

---

38) 『심청가』, 169~171면.

심봉사는 낮이면 동냥젖과 밤이면 암죽으로 젖먹이 심청을 길러낸다. 문면에서 확인되는 것처럼 동냥젖(①)은 다른 말로 추렴젖(②)이다. 추렴은 이웃간의 화목(和睦)을 덕목으로 여기고 십시일반을 행하던 서민 대중의 미풍을 담아낸 어휘이다. 오늘날 1퍼센트 나눔의 실천운동을 연상시킨다.

혹여 추렴 젖은 '젖 없는 아이'에게나 베푸는 이례적인 일이고, 작품에 설정된 예술적 장치라고 하더라도 서민 대중의 이웃 사랑을 반영한 듯하여 울림을 준다. 더욱이 추렴 젖의 기사는 사실적인 여속(女俗)의 정황 속에서 확인된다. 다시금 앞뒤 문맥을 꼼꼼히 살필 일이다.

심봉사가 추렴 젖을 얻어내는 장소 중에 한 곳이 '중로보기 하는 데'이다(②의 밑줄). 중로보기는 중로상봉·반보기라고도 하며, 중부 이남의 농촌에서 농한기에 행해지던 여인들의 풍속이다. 멀리 떨어져 사는 친척 부인네들이 각 집안과 마을 사이의 중간쯤 되는 산이나 시냇가에서 만나 하루를 즐긴다. 이것은 전북 지방의 민속이라고도 하며, 이 풍습은 전라도 지방에서 광복 후에도 행해졌다고 한다.[39]

『심청가』의 공간적 배경은 '황주땅 도화동'이지만,[40] 판소리

---

39) 『심청가』, 175면 주 8) ; 임동권, 『한국 세시풍속』, 서문당, 1973, 165면 ; "중로보기", 『한국민족문화대백과사전』 21, 한국정신문화연구원, 1991, 83면 참고.

문화의 요람인 호남의 풍속이 배어나는 것은 지극히 자연스러운 일이다. 전북 고창의 신재효에게 지역의 민속은 판소리 사설의 맛을 내는 데 감미료가 되었을 것이다. 짧은 기사 속에서 추렴의 미풍과 중로보기의 여속을 확인할 수 있어 흥미롭다.

동네 여인들의 추렴 젖을 먹고 자란 심청은 잔병 없이 사오 세가 된다. 어린 심청은 '지팡이 한 끝 잡고 아비 앞을 인도(引導)하여 원근촌(遠近村) 다니면서 조석(朝夕)이면 밥을 빌고, 낮이면 전곡(錢穀) 동냥, 그렁저렁 지내어서 일곱 살'에 이른다.[41] 바야흐로 심청은 혼자서 밥을 빌어 심봉사를 봉양한다.

마침내 15세 처녀가 된 심청은 심봉사의 눈을 뜨게 하고자, 몽은사(夢恩寺) 화주승(化主僧)에게 백미(白米) 삼백석(三百石)을 권선(勸善) 치부(置簿)하게 된다. 부처님께 시주, 정성을 드려서 아비의 개안(開眼)을 돕고자 한다. 시주 백미 삼백석의 마련을 위해 심청은 자신의 몸을 고가로 매매한다. 남경(南京)을 오가며 장사하는 선인(船人)들에게 인간 제물(祭物)로 팔려가는 것이다. 바닷길의 안녕을 비는 인간 제물로써 배 위에서 인당수로 뛰어들어야 한다.

동내(洞內) 여러 처녀(處女)들이 심청(沈晴)의 손을 잡고

---

40) 『심청가』, 157면.

41) 『심청가』, 175면.

다정(多情)히 만류(挽留)한다.「가지 마라, 가지 마라. 심청(沈
晴)아 가지 마라 우리 서로 놀던 정의(情誼) 친형제(親兄弟)
나 다를쏘냐. ① 설날이면 널도 뛰고 상사일(上巳日) 난초(蘭
草)캐기, 오월(五月) 오일(五日) 추천(鞦韆)하고, 칠월(七月)
칠일(七日) 걸교(乞巧)하고, ② 삭삭소거명(索索繰車鳴) 서로
모여 실켜기와 찰찰농기저(札札弄機杼) 품앗이 베짜기와 추
야장(秋夜長) 일편월(一片月)에 조침난저(調砧亂杵) 다듬이질,
불금화(不禁火) 민안작(民安作)에 불 켜 놓고 바느질, 주야상
종(晝夜相從) 지내더니 큰아기 네 가면 뉘와 함께 놀자느냐.
가지 마라, 가지 마라.」(『심청가』, 193면)

팔려가는 심청을 동네 처녀들이 만류하여 붙잡는다. 가지 마
라, 가지 마라. 울먹이는 소리가 들리는 듯하다. 처녀들의 사설에
서 시절 풍속과 일상사를 확인할 수 있다. 설날이면 널뛰기와 상
사일에 난초 캐기, 단오에 그네뛰기와 칠석날에 걸교하기 등의
시절 풍속이 확인된다(①). 또한 처녀들의 일상사로 실켜기, 베
짜기, 다듬이질, 바느질 등이 나타나 있다(②). 밤낮으로 함께 했
던 큰아기 심청을 떠나보내야 하는 동무들은 가지 마라, 가지 말
라고 매달린다.

여기서 처녀들의 시절 풍속은 넓은 의미에서 여속이라고 할
수 있다. 널뛰기, 난초 캐기, 그네뛰기뿐만 아니라, 걸교하기는
여성의 놀이이자 바람이다. 예를 들어, 걸교하기는 칠석 전날 밤

에 소녀들이 길쌈과 바느질 솜씨를 뛰어나게 해달라고 직녀성(織
女星)에 비는 풍속이라고 한다. 걸교에 대한 기사는 『박타령』 흥
보처의 대사에서도 확인된다. 흥보처는 '직녀성에 걸교하여 침자
품을 팔아 볼까'하고 넋두리를 늘어놓는다.42) 길쌈과 바느질 솜
씨가 뛰어나길 바라는 마음은 뭇여성의 소망이다. 노동의 기술을
소망하는 당대 여성과 그녀들의 처지에 숙연한 맘이 든다.

　안타깝게도 흥보처와 흥보의 노동은 가난을 해결해 주지 못한
다. 그들의 가난은 보은포(報恩匏), 박이라는 환상적 장치를 통해
서 극복된다. 다만 그 정황만큼은 현실적인 기반을 두고 있다.

　　동내(洞內) 도끼 얻어 들고, 지붕 위로 올라가서 박꼭지는
찍었으나 내릴 수가 없다. ① 정월(正月) 보름에 끌었던 줄 당
산(堂山) 나무에 감겼거늘, 그 줄을 풀어다가 박통을 동이고
서 흥보(興甫)는 뒷줄 잡고 처자(妻子)는 잡아당겨, 간신(艱
辛)히 내려 놓고 박목수(朴木手)의 큰 톱 얻어 박통을 켜려는
데, 흥보(興甫) 꼴 이러하나 속멋은 담뿍 들어, 「여보소, 아이
어멈, 평지(平地)에 지어도 절은 절이요, 성복(成服)술에도 권
주가(勸酒歌) 한다네. 우리의 일년(一年) 농사(農事) 논을 한
가 밭을 한가. ② 모심을 제 상사 소리, 밭맬 제 메나리를 불
러 볼 수 없었으니 우리는 이 박 타며 박노래나 해 보세.」
「무슨 노래, 사설(辭說)을 알아야 하지.」「묵은 사설(辭說)은

---

42) 『박타령』, 351면.

> 때 묻으니 박 내력(來歷)을 가지고서 사설(辭說) 지어 메기거
> 든, 자네는 뒤만 맡소.」「그럽세.」흥보(興甫)가 톱질 소리를
> 메긴다. (『박타령』, 367면)

지난해 제비 새끼의 부러진 다리를 고쳐 주고, 올해 제비가 물어다 준 박씨를 심었던 것이 세 통이나 큼지막하게 여물었다. 흥보는 도끼를 얻어 들고 지붕 위에 올라가 박을 수확할 참이다. 박이 어찌나 실하게 컸던지 내리기에도 벅차다. 흥보는 당산 나무에 감겼던 줄을 풀어다가 박통을 거둔다.

여기서 민가의 풍속, 농경사회의 풍속이 확인된다. 정월과 단오에 윗마을과 아랫마을이 나뉘어 줄다리기를 하고 그 승부로써 농사의 풍흉을 점친다. 줄다리기 줄은 쌍줄과 외줄의 두 형태가 있다. 외줄은 호남 지역에서 나타나고, 쌍줄은 호남을 비롯한 여타 지역에서 두루 확인된다. 아울러 줄다리기 이후에 해당 줄을 당산에 매어두던 지역은 외줄다리기를 하던 호남 지역이라고 한다.43) 이러한 사실적 정황이 짧게나마 『박타령』에 배어 있다.

지난 정월 대보름에 외줄다리기 하던 줄이 당산 나무에 감겼거늘, 흥보는 외줄을 풀어다가 박을 수확한다(1). 흥보는 박을 타면서 노래를 부르자고 아내에게 제안한다. 일년 농사라고는 알량한 박통뿐이지만, '모심을 제 상사소리, 밭맬 제 메나리'처럼

---

43) 『한국민속의 세계』 5, 고려대 민족문화연구원, 2001, 418~427면 참고.

노동요(勞動謠)를 부르자고 한다(②). 상사소리와 메나리는 민요의 곡명이며 곡조명이다.

흔히 모를 심을 때 부르는 민요를 모심는 소리라고 하는데, 이것은 여러 가지 유형으로 확인되며, 거시적 권역을 형성한다. 모심는 소리는 경기도 중심의 하나소리, 강원도 중심의 아라리, 충남 및 호남 중심의 상사소리, 그리고 영남지역 중심의 정자소리로 나눌 수 있다.[44] 따라서 흥보의 대사 속 한마디 상사소리는 호남의 모심는 소리를 의미한다. 이처럼 사설 속 어휘는 판소리 문화권, 호남의 지역성을 담아낸다.

> 각설(却說)이패가 … 전라도(全羅道) 장타령(場打令)을 시작(始作)하여, 「뚤울울 돌아왔소. 각설(却說)이라 몃서리라 동서리를 짊어지고 뚤뚤 몰아 장타령(場打令), ① 흰 오얏꽃 옥과장(玉果場), 노란 버들 김제장(金提場), 부창부수(夫唱婦隨) 화순장(和順場) 시화연풍(時和年豐) 낙안장(樂安場), 쑥 솟았다 고산장(高山場), 철철 흘러 장수장(長水場), 삼도(三道) 도회(都會) 금산장(錦山場), 일색(一色) 춘향(春香) 남원장(南原場), 십리(十里) 오리(五里) 장성장(長城場) 애고애고 곡성장(谷城場), ② 누릇누릇 황육전(黃肉廛), 펄펄 뛰는 생선전(生鮮廛), 울긋불긋 황화전(荒貨廛), 파싹파싹 담배전(廛), 얼걱덜걱 옹기

---

44) 강등학, 「민요의 이해」, 강등학·강진옥 외, 『한국 구비문학의 이해』, 월인, 2000, 236면.

전(甕器廛), 딸각딸각 나막신전(廛).」(『박타령』, 431면)

각설이패의 장타령은 호남의 장터를 두루 언급하고 있어 흥미롭다. 흥보 박과 달리, 놀보 박은 원수를 갚는 보구풍(報仇風)이다. 첫째 통에서는 상전, 둘째 통에서는 걸인, 셋째 통에서는 사당 등이 등장하여 놀보를 꾸짖고 재물을 빼앗는다. 이어서 넷째 통에서는 검무장이, 북잡이, 풍각장이, 각설이패, 외초라니가 한꺼번에 등장한다. 조선후기 유랑예인의 연희판을 갈무리하여 옮겨놓는다.

각설이패는 연행 곡목인 장타령을 부르며 나타난다. 전북과 전남의 장터가 언급되고(①), 누릇누릇 황육전, 펄펄 뛰는 생선전, 울긋불긋 황화전, 파싹파싹 담배전, 얼걱덜걱 옹기전, 딸각딸각 나막신전이 두루 언급된다(②). 호남에서 유명한 장터와 생동감 넘치는 점포의 정황을 그리고 있다. 쇠고기, 생선, 잡화, 담배, 옹기, 나막신 등은 점포의 품목일 뿐만 아니라, 소망과 바람이 담긴 서민의 생활 품목이다.

신재효 사설은 서민의 시절 풍속을 비롯한 미풍과 여속을 담고 있다. 이것은 호남의 농경문화와 전북의 풍속을 바탕으로 한다. 신재효 사설은 판소리의 본향인 호남과 신재효의 고향인 전북의 지역적 특성을 진솔하게 반영한다.

3) 연희 풍속

『심청가』·『박타령』·『변강쇠가』는 유랑예인의 연희뿐만 아니라, 일반 서민의 가창문화(歌唱文化)를 담아내고 있어 흥미롭다. 한 가지 사례로 방아타령은 서민의 노동현장에서 불리던 민요부터 예인의 연행현장에서 불리던 통속성 짙은 가요까지 두루 확인된다. 방아타령은 기층음악에서 여러 장르에 걸쳐 공통적으로 애용되던 대표적인 곡목이라고 한다.45) 이러한 기층음악의 현상을 작품 속에 반영한다.

> 맹인(盲人) 잔치 황성(皇城) 가다 뺑덕어미 도망(逃亡)하여 혼자 찾아 온 내력(來歷)을 저저(這這)이 다 이르니, 여러 여인(女人) 혀를 차며 심봉사(沈奉事)는 불쌍하고, 뺑덕어미 괘씸하다, 무한(無限)히 탄식(歎息)하고, 방아 찧고 먹으려고 밥들을 두었다가 심봉사(沈奉事)를 먹인 후에, 여인(女人)들 하는 말이 「봉사(奉事)님 우리하고 방아를 함께 찧고, 방아 노래 잘 부르면 사랑방(房)에 덥게 재고, 내일 아침 인도(引導)하여 황성(皇城) 잔치에 가게 하지.」 심봉사(沈奉事) 좋아라고 방아를 찧으면서 심봉사(沈奉事)는 메기고, 여인(女人)들은 받는다.

---

45) 손인애, 「경기 지역 방아타령계 음악 形成攷」, 『한국음악연구』 36, 한국국악학회, 2004, 303면.

① 「상사수(相思樹)로 만든 방아 연리지(連理枝)로 고를 박고, 월로승(月老繩) 줄을 달아 망부석(望夫石) 깊은 확에 합환초(合歡草)를 많이 찧어 각씨님 봉사(奉事)님이 밤낮으로 먹어 보세.」

여인(女人)들이 물어, 「봉사(奉事)님 ① 방아 노래 사설(辭說)이 유식(有識)하니 그 뜻을 모르겠소.」 「그러면 바로 ② 육담(肉談)으로 하지.」 「그러시오.」 「그러다 살 닿으면 남더러 욕(辱)하려고.」 「나 많은 어른에게 그럴 리가 있소.」 「어디 해볼까. 뒷소리를 잘 맞추렷다.」

② 「이내 몸 방아 되고, 주장군(朱將軍)이 고가 되어 각씨님네 보지확을 밤낮으로 찧었으면 다른 물 아니 쳐도 보리방아 절로 익지.」

「에라 이 잡놈의 봉사(奉事)네.」 「내 욕(辱) 안할란다더니.」 「③ 그 근방(近傍) 방아타령(打令) 좋다고 유명(有名)하니 그것이나 조금하시오.」 「그러지.」

③ 「오다 오다 방아 찧는 동무들아, 방아 처음 내던 사람 알고 찧나, 모르고 찧나. 경신년(庚申年) 경신월(庚申月) 경신일(庚申日) 경신시(庚申時) 강태공(姜太公)의 조작(造作)방아, 사시장천(四時長天) 걸어 두고 덜커덩 찧어라 덜커덩 찧어라, 전세대동(田稅大同)이 다 늦어 간다. 오다 오다 일두속상가용(一斗粟尙家春)은 형제간(兄弟間)에 찧는 방아, 풍편수성침(風便數聲砧)은 강촌(江村) 어부(漁夫) 찧는 방아, 월중(月中) 단계하(丹桂下)에 토끼 찧는 약(藥)방아, 이 방아 저 방아 다 버리고 월침침(月沈沈) 야삼경(夜三更)에 우리 님 혼자 와서 가죽 방아만 찧는다. 오다 오다, 창힐(蒼頡)이 조자(造字)할

제 이별(離別) 이자(離字) 왜 지었노. 진시황(秦始皇) 분서(焚書)할 제 어느 틈에 끼어서 제 몸은 아니 타고 남의 속에 불을 놓노. 남북(南北)의 군신이별(君臣離別), 하양(河陽)의 부자이별(父子離別), 백일면(白日眠) 형제이별(兄弟離別), 위성(渭城)의 붕우이별(朋友離別), 이별(離別)이 많건마는 다정(多情)하신 우리 낭군(郎君) 살아 생전(生前) 생이별(生離別)은 생초목(生草木)에 불 붙으니 불 꺼 줄이 뉘 있겠나.」(『심청가』, 241~243면)

맹인잔치에 참석하러 황성에 가던 심봉사는 뺑덕어미에게 버림을 받는다. 길을 잃고 헤매던 심봉사는 방아 찧는 소리에 이끌린다. 방아를 찧던 여인들은 ‘방아를 함께 찧고, 방아 노래를 잘 부르면 사랑방에 덥게 재워 주고, 내일 아침 인도하여 황성 잔치에 가게 하지’라고 심봉사에게 제안한다. 심봉사가 부르는 방아 노래는 유식한 사설(①), 육담(②), ‘그 근방 방아타령’(③)의 세 가지이다. 문면의 가사(①②③)만 가지고 노래의 장르를 단정하기는 어려운 일이다. 다만 방아를 찧는 노동현장에서 불리는 노래라는 점, ‘심봉사는 메기고, 여인들은 받는다’는 선후창(先後唱)의 노래라는 점에서 노동요를 염두에 둔 기술로 여겨진다.

한편 심봉사의 방아타령 가운데 한 곡(③)의 이형태(異形態)가 『변강쇠가』에서 확인된다. 『변강쇠가』의 초군(樵軍) 아이의 <방아타령>이다.

이 때에 등구마천 백모촌(村)에 여러 초군(樵軍) 아이들이 나무하러 모여 와서 지게 목발 뚜드리며 방아타령(打令), 산타령(打令)에 농부가(農夫歌), 목동가(牧童歌)로 장난을 하는구나. 한 놈은 방아타령(打令)을 하는데, 「뫼에 올라 산전(山田) 방아, 들에 내려 물방아, 여주(麗州) 이천(利川) 밀따리방아, 진천(鎭川) 통천(通川) 오려방아, 남창(南倉) 북창(北倉) 화약(火藥)방아, 객댁(各宅) 하님 용정(舂精)방아, 이 방아 저 방아 다 버리고 칠야삼경(漆夜三更) 깊은 밤에 우리 님은 가죽방아만 찧는다. ① 오다 오다 방아 찧는 동무들아, 방아 처음 내던 사람 알고 찧나 모르고 찧나. ② 경신년(庚申年) 경신월(庚申月) 경신일(庚申日) 경신시(庚申時) 강태공(姜太公)의 조작(造作)방아, ③ 사시장춘(四時長春) 걸어 두고 떨구덩 찌어라 전세대동(田稅大同)이 다 늦어간다.」 (『변강쇠가』, 547면)

초군 아이의 <방아타령>은 '오다 오다'라는 여홍구의 흔적이 확인되고(①), 일부 사설이 심봉사의 '그 근방 방아타령'과 동일하다(②③). 초군 아이의 <방아타령>은 지역 방아를 나열하고 성적인 내용으로 이루어진다.

정현석은 『교방가요(敎坊歌謠)』(1872년)의 '잡요(雜謠)'에서 산타령과 방아타령 등을 언급하면서 '이것은 걸사와 사당이 부르는 노래이며 그 사설은 음란하고 비루하다. 요즘 거리의 아이들과 머슴들도 이 노래를 잘 부른다'고 지적한 바 있다.[46] 초군 아이

---

46) 鄭顯奭, 『敎坊歌謠』, 「雜徭」, "山打令 遊令놀양 杵打令 花杵打令

의 <방아타령>을 '당대 걸사나 사당패 등 유랑예인들에 의해 급속히 전파된 잡요'라고 보기도 한다.47) 다만 앞으로 살펴볼 사당패의 방아타령과 초군 아이의 <방아타령>은 사설이 동일하지 않다는 점에서 주의가 필요하다. 초군 아이의 <방아타령>을 사당패 소리의 전이(轉移)로 단언하기는 어렵다. 작품 내에 정황으로 보아서 초군 아이의 <방아타령>은 '장난'치며 부르는 유희요(遊戲謠)이다. 초군 아이의 <방아타령>은 유희요로서 불리던 당대 세태를 작품 속에 반영한 정도로 이해해야 할 것이다.

한편 사당패의 방아타령은 『변강쇠가』와 『박타령』에서 <방아타령>과 <잦은 방아타령> 두 가지가 확인된다. 우선 작품에 등장하는 사당패의 면모를 살펴보면 다음과 같다.

이 때에 하동(河東) 목골, 창평(昌平) 고살메, 함열(咸悅) 성불암(成佛庵), 담양(潭陽), 옥천(沃川), 함평(咸平) 월앙산(月仰山) 가리내패가 창원(昌原), 마산포(馬山浦), 밀양(密陽), 삼랑(三浪) 그 근방(近方)들 가느라고 그 앞으로 지나다가 움생원(生員)의 관(冠)을 보고, 걸사(乞士)들이 절을 하여, ① 「소사(小士) 문안(問安)이오, 소사(小士) 문안(問安)이오.」 그 뒤에 ② 아기네들이 낭자도 곱게 하고, 고방머리 엇게 하고, 다

此乞士舍黨所唱　皆是淫辭鄙詞也　今街童厮隷亦解唱此".
47) 성무경, 「신오위장 所作 <방아타령>의 형성층위와 '단잡가'」, 『한국시가연구』 12, 한국시가학회, 2002, 337면.

리 아파 잘쑥잘쑥 지팡막대 짚었으며, 두 줄에 다리 넣고 걸
사(乞士) 등에 업혔으며, 수건(手巾)으로 머리 동여 긴 담뱃
대 물었으며, 하하 대소(大笑) 웃으면서 낭랑옥어(琅琅玉語)
말도 하고 무수(無數)히 오는구나. ③ 움생원(生員)이 불러,
「이애 사당(寺黨)들아, 너의 장기(長技)대로 한 마디씩 잘만
하면 맛 좋은 상관(上關) 담배 두 구붓씩 줄 것이니 쉬어 가
어떠하냐.」 이것들이 담배라면 밥보다 더 좋거든, 「그리 하옵
시다.」 (『변강쇠가』, 607면)

『변강쇠가』의 치상(治喪) 장면에서 가리내패(일명 사당패)가
등장한다. 경남 하동에서 전북 함열, 전남 함평까지 두루 유랑하
는 사당패가 함양을 지나가는 길이다.48) 변강쇠의 주검 때문에
길가에 붙어서 옴짝달싹 못하는 한 무리가 있다. 그 무리 가운데
관(冠)을 쓴 움생원을 보고 걸사가 절을 한다. 소사 문안이오, 소
사 문안이오(①). 이것은 『박타령』에서도 확인되는데,49) 사당패의
인사법으로 여겨진다.

뒤이어 사당들의 모습이 보인다. 아기네들이 낭자도 곱게 하
고, 고방머리 얹게 하고, 다리 아파 잘쑥잘쑥 지팡막대 짚었으며,
두 줄에 다리 넣고 걸사 등에 업혔으며, 수건으로 머리 동여 긴

---

48) 치상 장면이 이루어지는 공간은 옹녀와 변강쇠의 최종 거주지인 함
     양(咸陽)이다. 『변강쇠가』, 565면.
49) 『박타령』, 425면.

담뱃대 물었으며, 하하 호호 웃으면서 고운 목소리로 재잘거리며 나타난다(②). 눈에 선하고 귀에 들리는 듯하다.

움생원은 사당들을 불러 세워, 장기대로 한 마디씩 잘만 하면 맛 좋은 담배를 두 두름씩 줄 것이니 쉬어 가 어떠하냐고 제안한다(③). 동일한 곡목으로 이루어진 사당의 장기를 『박타령』에서는 염불이라고 지칭한다.[50] 흔히 사당의 장기, 레퍼토리를 판염불이라고 일컫는다.[51] 이러한 정황이 신재효 사설을 통해서 확인된다. 사당의 연희, 판염불을 창(唱)하는 판노름은 다음과 같다.

> 판노름 차린 듯이 가는 길 건너편에 일자(一字)로 늘어앉아 걸사(乞士)들은 소고(小鼓) 치며, 사당(寺黨)은 제차(第次)대로 연계사당(寺黨) 먼저 나서 발림을 곱게 하고, ① 「<u>산천초목(山川草木)</u>이 다 성림(盛林)한데 구경(求景)가기 즐겁도다. 이야어. 장송(長松)은 낙락(落落), 기러기 펄펄, 낙락장송(落落長松)이 다 떨어졌다. 이야어. 성황당(城隍堂) 궁벽궁새야 이리 가며 궁벽궁 저 산(山)으로 가며 궁벽궁 아무래도 네로구나.」 움생원(生員)이 추어, 「잘한다, 내 옆에 와 앉거라. 네 이름이 무엇이냐.」 「초월(初月)이오.」
> 또 하나 나서며, ② 「<u>녹양방초(綠楊芳草)</u> 저문 날에 해는 어이 더디 가고, 오동야우(梧桐夜雨) 성긴 비에 밤은 어이 길

---

50) "너희들 장기(長技)대로 염불(念佛)이나 잘 하여라." 『박타령』, 426면.

51) 이보형, 「오독도기소리 연구」, 『한국민요학』 3, 한국민요학회, 1995, 123~127면 참고.

었는고. 얼싸절싸 말 들어 보아라, 해당화(海棠花) 그늘 속에 비 맞은 제비같이 이리 흐늘 저리 흐늘 흐늘흐늘 넘논다. 이리 보아도 일색(一色)이요, 저리 보아도 일색(一色)이요, 아무래도 네로구나.」「잘한다. 네 이름은 무엇이냐.」「구강선(具江仙)이오.」

한 년은 또 나서며, ③ 「오돌또기 춘향(春香) 춘향(春香) 위월의 달은 밝으며 명랑(明朗)한데, 여기다 저기다 연저바리고 말이 못 된 경(景)이로다. 만첩청산(萬疊靑山)을 쑥쑥 들어가서 늘어진 버드나무 들입다 덤뻑 휘어잡고 손으로 주르르 훑어다가 물에다 둥둥 띄워 두고 둥덩둥실 둥덩둥실 여기다 저기다 연저바리고 말이 못 된 경(景)이로다.」「어, 잘한다. 네 이름은 무엇이냐.」「일점홍(一點紅)이오.」

또 한 년이 나서며, ④ 「갈까보다 갈까보다 임을 따라 갈까보다. 잦힌 밥을 못 다 먹고 임을 따라 갈까보다. 경방산성(傾方山城) 빗두리길로 알배기 처자(處子) 앙금살살 게게 돌아간다.」「잘한다, 네 이름은 무엇이냐.」「설중매(雪中梅)요.」

한 년이 나서며 ⑤ 방아타령(打令)을 하여, 「사신(使臣) 행차(行次) 바쁜 길에 마중참(站)이 중화(中和), 산(山)도 첩첩(疊疊) 물도 중중(重重) 기자왕성(箕子王城)이 평양(平壤), 모닥불에 묻은 콩이 튀어나니 태천(太川), 청천(靑天)에 뜬 까마귀 울고 가니 곽산(郭山), 찼던 칼을 빼어내니 하릴없는 용천(龍川), 청총마(靑驄馬)를 둘러 타고 돌아보니 의주(義州).」「잘한다. 네 이름은 무엇이냐.」「월하선(月下仙)이오.」

한 년은 ⑥ 잦은 방아타령(打令)을 하여, 「누각(樓閣)골 처녀(處女)는 쌈지장사 처녀(處女), 어라두야 방아로다. 왕십리

(往十里) 처자(處子)는 미나리장사 처자(處子), 순담양(淳潭陽) 처자(處子)는 바구니장사 처자(處子), 영암(靈岩) 처자(處子)는 참빗장사 처자(處子).」「어, 잘한다. 네 이름은 무엇이냐.」「금옥(金玉)이오.」(『변강쇠가』, 607~609면)

일자로 늘어앉아 걸사들은 소고 치고, 애사당이 먼저 나서서 발림을 곱게 하며 <산천초목>(①)을 부른다. 이어 사당들이 차례로 등장하여 <녹양방초>(②), <오돌또기>(③), <갈까보다>(④), <방아타령>(⑤), <잦은 방아타령>(⑥)을 창한다.

이러한 연행 방식은 『박타령』에서도 대동소이하다. 다만 『박타령』의 기사를 『변강쇠가』에 중첩시키면 흥미로운 사실을 확인할 수 있다. 『변강쇠가』와 『박타령』에서 첫 곡목을 부르는 것은 애사당이다. 『박타령』은 '사당의 법'에 대한 기사를 덧붙인다.[52] 상품성이 높았을 애사당을 선행시키는 것이 사당의 공연법이다.

한편 앞서 언급한 초군 아이의 <방아타령>과 사당패의 방아타령은 문면에서 현격한 차이를 보인다. 사당패의 방아타령은 <방아타령>과 <잦은 방아타령>의 두 가지이다.

<방아타령>은 '사신 행차 바쁜 길에 마중참이 중화, 산도 첩첩 물도 중중 기자왕성이 평양, 모닥불에 묻은 콩이 튀어나니 태천,

---

[52] "사당(寺黨)의 법(法)이란 게 그 중에 연계사당(寺黨)이 앞서는 법(法)이었다." 『박타령』, 425면.

청천에 뜬 까마귀 울고 가니 관산, 찼던 칼을 빼어내니 하릴없는 용천, 청총마를 둘러 타고 돌아오니 의주' 노정기(路程記)처럼, 지명풀이처럼 이루어진다.

<잦은 방아타령>은 '루각골 처녀는 쌈지장사 처녀, 어라두야 방아로다. 왕십리 처자는 미나리 장사 처자, 순창담양 처자는 바구니장사 처자, 영암 처자는 참빗장사 처자' 지역의 특산물 치레처럼, 처녀 치레처럼 이루어진다.

<방아타령>과 <잦은 방아타령>은 '노랫말 중심으로 기록하였다기보다는 내용 중심으로 기록한 것'으로서 <산천초목>, <녹양방초>, <오돌또기>, <갈까보다> 등과 함께 사당패 소리로 평가된다.[53] 이처럼 신재효 사설에서 방아타령은 노동요, 유희요, 유흥 가요로 두루 확인된다. 뿐만 아니라 신재효는 상인(喪人)의 울음소리로 방아타령을 언급하고,[54] 개별 작품 <방익打令>과 <訪花打令>도 남기고 있어 흥미롭다.[55] 그는 일련의 방아타령을 통해서 장르의 전이(轉移)와 재생산을 거듭했던 기층음악의 생명력을 보여준다.

---

53) 손인애, 앞의 논문, 313면 각주 24) ; 김혜정, 「판소리의 사당패소리 수용 양상」, 『남도민속연구』 12, 남도민속학회, 2006, 25~26면.

54) 『박타령』, 437면.

55) 성무경, 「신오위장 所作 <방아타령>의 형성층위와 '단잡가'」, 『한국시가연구』 12, 한국시가학회, 2002 참고.

『변강쇠가』와 『박타령』은 조선후기 기층음악의 현실을 반영하고 아울러, 사당패의 연행 방식과 레퍼토리를 생동감 있게 보여준다. 사당패의 수인사, 걸사의 소고 연주, 애사당의 선행공연, 사당의 가창곡목이 자세하다. 당대 공연 실황을 맛보기로 제공한다. 이밖에 『변강쇠가』와 『박타령』은 초라니패, 풍각장이패, 각설이패 등을 등장시켜 연희판을 보여준다. 초라니, 풍각장이, 가객, 퉁소장이, 검무장이, 가얏고 장이, 북잡이, 각설이의 풍모를 담아 전한다. 신재효 사설은 조선후기 연희 풍속의 자료집이라고 할 수 있다.

이상에서 살펴본 바와 같이, 신재효 사설(『심청가』·『박타령』·『변강쇠가』)은 조선후기 서민의 생활상, 시절 풍속, 연희 풍속을 진솔하게 보여주고 있다. 신재효 사설에 나타난 임노동·유랑생활·잡기(도박)·사채 등의 사례들은 고단한 서민의 생활상을 생생하게 전하고 있다.

또한 추렴·중로보기·걸교하기·외줄다리기·상사소리 등의 어휘들은 당대 미풍, 시절 풍속을 반영하고 있으며, 호남의 농경문화도 보여주고 있다. 이것은 판소리 문화의 중심지인 호남과 신재효의 생애터전이었던 전북 고창의 풍속을 반영한 것으로 여겨진다.

한편 신재효 사설은 서민의 가창문화와 유랑예인의 연희를 담아내고 있다. 일련의 방아타령은 기층음악의 생명력과 장르 교섭 현상을 보여주며, 사당패를 비롯한 유랑예인에 대한 기사들은 조선후기 연희 풍속을 상세하게 그려내고 있다.

　이런 점에서 볼 때, 신재효 사설은 조선후기 생활지(生活誌)이며 풍속지(風俗誌)라고 할 만하다. 신재효 사설은 판소리를 비롯한 예술자료로서, 조선후기 풍속자료로서 중요한 의미를 지닌다.

3. 사회상과 예술가의 삶

　혜원(蕙園) 신윤복(申潤福)은 단원(檀園) 김홍도(金弘道, 1745~1806?)·긍재(兢齋) 김득신(金得臣, 1754~1822)과 더불어 '풍속화(風俗畵)의 3대 화가'로 지칭되고 있다. 그의 풍속화는 여러 연구자들에 의해 적극적으로 논의되고 있으나, 그의 삶만큼은 전하는 기록이 적기 때문에 이해의 한계가 있다. 따라서 온전한 작가론과 작품론을 이루는 데 있어 어려움이 있다. 혜원의 삶에 대한 직접적인 문헌기록은 오세창(吳世昌, 1864~1953)의 『근역서화징(槿域書畫徵)』과 문일평(文一平, 1888~1936)의 언급 정도가 있을 뿐이다. 그러나 최근 연구 성과에 의해 그의 가계(家系)와 생몰연대(生沒年代)를 어느 정도 가늠할 수 있어 다행스러운 일이다.

신윤복의 자(字)는 입부(笠父), 호(號)는 혜원이며, 고령인(高靈人)으로 첨사(僉使)의 벼슬을 지낸 신한평(申漢枰)의 아들이다. 화원(畵員)이었으며, 첨사의 벼슬을 지냈고, 풍속화를 잘 그렸다.56) 시정촌락(市井村落)의 심상(尋常)한 풍속을 잘 그렸을 뿐만 아니라, 너무나 비속(卑俗)한 그림을 그려 도화서(圖畵署)에서 쫓겨났다고 한다.57) 그는 1758년 무렵에 태어나서 1813년 이후까지 살았던 것으로 추정된다.58)

혜원이 남긴 풍속화를 대상으로 그가 몸담았던 18세기 말에서 19세기 초, 조선후기 사회의 정황을 적극적으로 읽고, 그의 작품 속에서 삶의 편린을 찾아 재구하고자 한다.

1) 풍속화에 나타난 조선후기 사회상

혜원의 풍속화 가운데 유흥공간(遊興空間)의 면면을 보여주고 있는 자료를 꼽으라고 한다면, 주저 없이 <상춘야흥(賞春野興)>·<쌍검대무(雙劍對舞)>·<청금상련(聽琴賞蓮)>·<주유청강(舟遊淸

---

56) '字笠父 號蕙園 高靈人 僉使韓枰子 畵員 官僉使 善風俗畵' {오세창, 『槿域書畵徵』, 계명구락부, 1928, 203면.}

57) 문일평, 『湖岩全集』 2, 조광사, 1939, 95면.

58) 이원복, 「蕙園 申潤福의 書畵」, 『澗松文華』 59, 한국민족미술연구소, 2000, 90면.

〈상춘야흥(賞春野興)〉 종이 채색 35.6×28.2cm

江)〉 등을 손꼽을 수 있다.59) 이들 작품은 유흥의 정황을 보여주고 있을 뿐 아니라, 작품들 사이의 상관성을 읽을 수 있기 때문에 주목된다.

〈상춘야흥〉은 진달래가 소담스럽게 핀 화창한 봄날, 어느 귀인(貴人)들이 기녀(妓女)와 악공(樂工)을 비롯한 수행인(隨行人)을 거느리고 경승처(景勝處)를 찾아 상춘(賞春)을 즐기는 정황을 그리고 있다. 이처럼 넉넉한 야흥(野興)을 즐길 수 있었던 인물들은 누구였을까? 그림에서 연치(年齒)와 의복(衣服)으로 미루어 보았을 때, 좌측 상단에 홍(紅) 띠를 한 인물과 중앙의 자주 빛 띠를 두른 인물이 모임의 주인일 듯하다. 굳이 좌장(座長)을 가리자면 어린 기생을 곁에 두고 있는 중앙에 인물일 것으로 보인다. 좌장과 그의 일행은 어떤 인물이었을까? 최근 해설에 따르면 이들을 당상(堂上)의 품계(品階)를 가진 귀인으로 보고 있다. 그 근거로 들

---

59) 필자가 다루고자 하는 일련의 풍속화는 '간송미술관'(澗松美術館 ; 서울시 성북구 성북동 소재) 소장의 작품이며, 그 구체적 작품명은 미술관측의 명명(命名)에 도움 받은 것이다.

고 있는 것이 '도포(道袍) 위에 두른 홍 띠'[60]이다. 결론적으로 온당한 지적이다. 그러나 그림을 자세히 살펴보면 좌장과 그의 일행이 두르고 있는 띠는 단순히 홍 띠만도 아닌, 자색(紫色) 띠도 있다. 이것은 무엇이며 그 의미하는 바는 무엇인지 명확히 따질 일이다.

　복식학(服飾學)의 연구 성과에 따르면, 조선시대 남성은 도포와 전복(戰服) 등 겉옷 위에 세조대(細條帶)라는 띠를 둘렀다고 한다. 이것은 품계에 따라 색깔을 달리하여, 당상관은 홍색 또는 자색을 두를 수 있었던 것이다.[61] 따라서 이들의 신분을 확인 할 수 있는 표지(標識)는 그림 안에 담겨 있다. 또 다른 표지를 찾는다면, 그림 좌측 상단에 홍색의 세조대를 두른 인물의 오른손에 쥐어져 있는 물품을 들 수 있다. 이것은 부채, 정확히 말해서 합죽선

〈쌍검대무(雙劍對舞)〉 종이 채색 35.6×28.2cm

---

60) 최완수(해설), 『澗松文華』 59, 한국민족미술연구소, 2000, 137면.
61) 김영숙, 『한국복식문화사전』, 미술문화, 1998, 246면.

(合竹扇)으로 그다지 주목할 바가 아닐 듯싶기도 하다. 그러나 부채의 머리, 승두(僧頭)에 매달려 있는 물건은 주목을 요한다. 이것은 선추(扇錘)라는 것으로 백옥·비취·호박 등 보석류에 무늬를 새기거나, 천에 수(繡)를 놓아 둥글게 만드는 것인데 반드시 벼슬을 한 문관(文官)만이 사용할 수 있었던 것이라고 한다.[62] 따라서 야흥(野興)의 주인들은 당상관으로 문관 출신이다. <상춘야흥>의 좌장과 기생을 비롯한 일련의 인물들은 다시 <쌍검대무>에 등장한다.

<쌍검대무>는 그림 좌측 중앙에 위치한 좌장을 중심으로, 일련의 인물들이 장악원(掌樂院)의 악공들의 반주에 맞춰 연행되는 무희(舞姬)들의 검무(劍舞)를 즐기는 장면이다.[63] 좌장은 장침(長枕)을 등받이 삼아 자못 여유 있는 자세를 취하고 있다. 앞서 살펴보았던, 선추를 매단 합죽선이 좌장의 왼손에 들려져 있는 것을 확인 할 수 있다. 여기서 시선을 잠시 그림 아래쪽으로 떨구어 보자. 흰 도포 차림에 오른손에 '알 수 없는' 물건을 가벼이 내려놓고 있는 인물이 보인다. 이 물건은 무엇일까? 인물이 자리한 위치가 자칫, 악공들과 더불어 있듯이 보이기 때문에, 이 물건이 악기 가운데 그 무엇은 아닐까 하는 오해의 여지가 있다. 이것은 <노상탁발(路上托鉢)>의 그림 좌측 하단에 양반이 들고

---

62) 김영숙, 앞의 책, 244~245면 및 215면 우측 하단에 사진과 기사 참고.
63) 최완수, 앞의 책, 137면 참고.

있는 물건과 동일한 것이다. 이것은 사(紗)로 된 헝겊의 양쪽에 자루를 대어 만든 부채의 일종으로, 벼슬아치가 외출할 때나 초례청(醮禮廳)에 신랑이 들어올 때 얼굴을 가리는 데 사용하는 사선(紗扇)이다. 이처럼 혜원은 어찌 보면 사소할 듯싶은 물품 하나하나를 실상에 맞게 그림 속에 담아내고 있다.

여기서 한 가지 의문이 든다. 자잘한 물품 하나에도 정밀한 시선을 두고 정확한 필치를 보여주는 혜원의 그림 속에 일그러진 표정의 인물들이 보이고 있다. 예를 들면, <쌍검대무>의 그림 좌측 상단에 부채를 든 인물이라든가 <상춘야흥>의 그림 우측 끝에 등 돌리고 서 있는 인물 등, 이들은 혜원의 여러 그림 속에서 손쉽게 확인된다. 이들의 불만스런 표정의 의미는 무엇인가, 혜원의 솜씨로 보아서 필치 상의 오류는 아닐 것이다. 이들에 대한 세심한 의미 분석이 요구된다. 이에 대해서는 기술의 편의상 자리를 달리하여 상세히 다루고자 한다. 우선, 혜원의 그림 속에 누구보다 자주 등장하는 기생군(妓生群)을 점검해 보고자 한다. 특히 당상관 이상의 귀인들과 더불어 할 수 있었던 어찌 보면, 그들의 노리개(解語花)일 수밖에 없었던 기생들은 구체적으로 어떤 이들이었을까? 이에 대한 실마리를 <청금상련>에서 찾을 수 있다.

<청금상련>은 후원(後園)의 연못가에서 상련(賞蓮)을 즐기는 귀인들의 풍류(風流) 장면이다. 기생이 가야금을 연주하고 있음

〈청금상련(聽琴賞蓮)〉 종이 채색 35.6×28.2cm

을 알 수 있다. 여기서 주목해야 할 점은 장죽(長竹)을 들고 자색(紫色)의 가리마(加里亇)를 쓰고 있는 여인이다. 가리마는 부녀들이 쓰던 쓰개의 일종으로 검은 비단이나 자색 비단을 반으로 접어 두 겹으로 한 후 그 속에 두꺼운 종이를 배접하여 만드는데 납작한 책갑(冊匣)의 형태를 이룬다. 정조 12년(1788)의 가체신금절목(加髢申禁節目)에서는 각 궁방의 무수리·의녀(醫女)·침선비(針線婢), 그리고 각 영읍(營邑)의 기녀(妓女)는 다른 사람과 구별하기 위해 머리를 얹고 그 위에 가리마를 쓰게 하되, 내의녀(內醫女)는 모단(冒緞)을 사용하고, 나머지는 검은 삼승포(三升布)를 쓰게 했다고 한다.64) 그림에서 확인되는 가리마는 자색이다. 따라서 재질을 정확히 알 수는 없지만 흑색의 삼승포는 아님이 분명하다. 그렇다면 자색의 모단일 가능성이 열리는 것이다. 내의녀라고 하면 기생 가운데 최고급이라고 할 수 있는 일패(一牌)이다.65) 귀

---

64) 김영숙, 앞의 책, 16면.

65) 김종철, 『판소리의 정서와 미학』, 역사비평사, 1996, 166~167면 참고.

인들의 풍류에 동원되었던 기생들은 의심의 여지없이 격을 갖춘 기생들로 일패의 부류임을 확인할 수 있는 표지가 그림 속에 나타나고 있는 것이다. 이들은 수려(秀麗)한 산자락과 근사한 연당(蓮塘) 등을 공간으로 풍류를 향유하고 공급한다. 한편 풍류의 공간이 지상에서만 이루어진 것은 아니다.

<주유청강>은 신록(新綠)이 드리워진 절벽 아래 잔잔한 물결을 스치듯 떠가는 선상(船上), 생황(笙簧)과 젓대 소리가 어우러진 풍류가 강상(江上)에서 이루어지고 있다. 뱃전에 엎디어 스치는 물

〈주유청강(舟遊淸江)〉 종이 채색 35.6×28.2cm

살에 손을 담가 보는 여인이나 이를 정겹게 턱을 괴고 바라보는 남정네의 모습이 인상적이다. 여기서 잠시 우측 상단에 있는 화제(畵題)에 주목할 일이다. '젓대소리 늦바람에 들을 수 없고, 백구만 물결 좇아 날아드네. 혜원.'(一笛晩風聽不得　白鷗飛下浪花前　蕙園)이라고 되어 있다. 이 구절은 화외(畵外)의 소식(消息)을 화제로 전해 주는 것이라고 선행 연구자는 해석한다.66) 그러나 과연 그러한 것인지 의문스럽다. 어찌 되었거나 그림을 아무리 들여다보아도 물결을 차고 있는 백구(白鷗), 흰 갈매기를 찾을 수는 없다. 정말 그림 밖에 이야기를 혜원은 시구를 통해 전하고 있는 것인가? 그렇다면 정겹게 턱을 괴고 여인을 바라보는 남정네의 마음으로 돌아가 보자. 젓대 소리는 아무리 은은한 것이라고 하더라도 바람 소리에 갈릴 정도로 들을 수 없는 것은 아니다. 그림을 꼼꼼히 살펴보면 여인들의 옷자락과 사내들의 갓끈자락, 수염 끝자락에서 확인할 수 있듯이 바람은 잔잔한 것이다. 사내로 하여금 젓대 소리를 들을 수 없게 하는 것은 잔물결(浪花)에 흰 손을 놀리고 있는 여인의 자태(姿態), 곧 사내의 심중(心中)에 숨어있는 풍정(風情)을 일게 하는 여인의 모습 때문인 것이다. 넋이 나간 사내에게는 물살에 담겨진 여인의 희디힌 손이, 또한 그녀가 흰 갈매기인 것이다.

〈주사거배(酒肆擧盃)〉
종이 채색 35.6×28.2cm

이상에서 살펴본 바와 같이 혜원의 풍속화는 귀인들과 일패들의 유흥공간의 정황을 여실히 잘 보여주고 있다. 그렇다면 혜원의 그림 속에 귀인과 일패만이 등장하느냐, 그렇지만은 않다. <주사거배(酒肆擧盃)>·<홍루대주(紅樓待

---

66) 최완수, 앞의 책, 141면.

酒)> 등에는 시정(市井)의 여항인
(閭巷人)과 급이 낮은 기생도 확인
된다. 이들은 또 다른 측면인 시정
인(市井人)들의 유흥공간의 일면을
시각적으로 보여주고 있다.

〈홍루대주(紅樓待酒)〉
종이 채색 35.6×28.2cm

　　또한 혜원의 풍속화에는 유흥공
간 이상으로, 일상과 세시풍속이
이루어지는 생활공간의 면면을 보
여주는 작품들이 있다. 이 가운데 <무녀신무(巫女神舞)>·<문종
심사(聞鍾尋寺)>·<계변가화(溪邊佳話)>·<단오풍정(端午風情)>
등을 살펴보고자 한다. 이들 작품들은 여속(女俗)에 관련한 자료
로 주목할 만하다.

　　<무녀신무>는 장고와 피리로 연주되는 무악(巫樂)에 맞춰, 부
채를 들고 갓을 쓴 무녀(巫女)가 굿거리를 진행하는 모습으로 이
루어져 있다. 이 그림은 당시 여염집에서 굿을 하는 광경으로,
규모로 보아 큰굿은 아닌 듯하고 다만 집안의 안녕(安寧)을 비는
안택(安宅)굿 정도로 해석되고 있다.[67] 이 그림이 갖는 진정한
의미와 그 자료적 가치는 무엇일까? 그 의미, 속내를 따지기에
앞서 외피(外皮)를 살펴봄으로써 그 가치를 점검하고자 한다. 장

---

67) 최완수, 앞의 책, 138면.

고와 피리로 이루어진 무
악의 반주 형태와 무당의
복장(服裝) 등으로 보았을
때, 이 굿의 정황은 서울
지역에서 이루어지는 강신
무(降神巫)의 굿판을 보여
주고 있는 것이다.

〈무녀신무(巫女神舞)〉 종이 채색 35.6×28.2cm

  그렇다면 이 굿거리는
구체적으로 무엇이었을까?
이에 대한 해법을 『무당내력(巫黨來歷)』에서 찾아 볼 수 있다.
이 책은 1825년 또는 1885년에 난곡(蘭谷)이라는 사람이 서울굿
의 각 거리를 그림으로 그려 설명한 책이다.68) 이 책은 서울대
규장각(奎章閣)에 소장되어 있는 것으로 '작은 책'과 '큰 책' 두
종(種)이 전하고 있다. 이들을 살펴보면, 작은 책의 <성조거리(成
造巨里)>와 큰 책의 <조상거리(祖上巨里)>의 무녀의 복식이 앞
서 살펴본 <무녀신무>의 그것과 닮아있다. 서울굿은 각각의 거
리를 진행할 때마다 그 거리에 맞는 복색(服色)을 달리하는 특색
을 가지고 있다. 따라서 이상의 세 그림에서 공히 확인되는, 손
에 부채를 들고 머리에 검은 갓을 썼으며 몸에 두루마기를 입은

---

68) 서대석(해제), 『巫黨來歷』, 서울대학교 규장각, 1996, 3면.

무녀의 복식은 일정 상관성을 갖는다.

<성조거리>는 새 집을 짓거나 이사할 때 가옥을 관장하는 성주신(成造神)을 모셔서 가정의 수호를 비는 굿이고,69) <조상거리>는 원통하게 돌아간 조상신(祖上神)을 모셔서 생전에 못다한 한(恨)을 풀고 후손의 복을 비는 굿이다.70) 이들 굿은 모두 가정의 안녕과 화복을 비는 굿으로 궁극적인 지향을 같이 한다고 볼 수도 있다. 따라서 <무녀신무>의 굿거리를 확정짓자면 다시 그림을 꼼꼼히 들여다보아야 할 일이다. 이 자료는 민속학적 가치를 지니고 있고 아울러, 혜원의 생활공간이 유흥공간과 더불어 서울을 근거로 하고 있음을 거듭 확인 시켜주는 중요한 것이다.

일상의 면면을 보여주고 있는 그림 가운데 <문종심사>의 말을 타고 절을 찾는 여인과 <계변가화>의 물가에 앉아 가슴을 드러내고 머리를 다듬는 여인의 복식은 중요한 의미를 갖는다. 정도의 차이는 있으나 그간 여러 논자들이 이 두 여인을 두고 오독(誤讀)을 하고 있어, 이 자리에서 정정하고자 한다. <문종심사>에서 가랑이를 벌리고 말을 타고 있는 여인의 하의(下衣)는 '치마'가 아니라 당시, 여인의 승마복이라고 할 수 있는 '말군(襪裙)'이라는 것이고71), <계변가화>의 가슴을 드러낸 여인은 '야한

---

69) 서대석, 앞의 책, 21면 참고.

70) 서대석, 앞의 책, 16면.

71) 김인숙, 「포제와 치마」, 『韓國의 服飾』, 한국문화재보호협회, 1982,

〈문종심사(聞鐘尋寺)〉
종이 채색 35.6×28.2cm

〈계변가화(溪邊佳話)〉
종이 채색 35.6×28.2cm

포즈'를 취하고 있는 것이 아니라, 구한말 한반도를 다녀간 이태리 외교관 로제띠가 저서(『꼬레아 꼬레아니』)에서 '한국여인의 기이한 의복'[72]이라고 언급하고 있는 일상의 복장, '일상의 포즈'인

것이다. 주변 학문의 연구 성과와 기타 자료를 더불어 참고하였을 때, 혜원 풍속화의 온전한 해석이 가능하리라 생각한다. 내친 김에 한 가지 더 꼬집자면 그림 정황, 풍속을 제대로 읽자는 것이다.

〈한국여인의 기이한 의복〉

205면 참고.

72) 까를로 로제띠, 『꼬레아 꼬레아니』, 서울학연구소 (역), 숲과나무, 1996, 112면.

<단오풍정>은 그림 정황을 잘못 읽고 있는 대표적인 사례가 된다. 이 그림은 새롭게 읽을 여지도 더군다나 오독의 위험성도 전혀 없는 작품으로 보인다. 이 그림이 단오(端午)를 시간적 배경으로 한

〈단오풍정(端午風情)〉 종이 채색 35.6×28.2cm

것이 분명하다면, 이것은 여인들이 물가에서 머리감고 그네 타는 단오의 풍속을 그린 그림이 분명하다. 여기서 무엇을 조금이라도 잘못 읽을 수 있겠는가? 그림의 우측 하단에 무언가를 머리에 이고 있는 여인에 주목하자. 일부이기는 하지만 이것을 '빨래거리'로 막연한 '짐'으로 보기도 하는데, 이것은 이해 부족이다. 보자기 사이로 삐죽이 도드라져 나와 있는 술병 목에서 확인할 수 있는 것처럼 이것은 음식 보따리이다. 음력 5월 5일 단오, 이날이면 여인들은 창포물로 머리를 감고 몸에 이롭다하여 창포 삶은 물을 먹었다고 한다. 그리고 창포 이슬을 받아 화장하고 먹기도 했으며, 창포물로 머리를 감는 동시에 목욕재계 또는 세수를 하였다. 그리고 음식을 장만하여 창포가 무성한 못가나 물가에 가서 물맞이 놀이를 하는 풍습이 있었다. 이때 쌓아 가지고 가서

먹었을 법한 음식이 차륜병(車輪餅)이라고도 하는 절편의 단오떡
이다.73) 여인이 머리에 이고 있는 짐은 바로 단오 음식[端午節
食]인 것이다. 만약 단오 음식이 아니라 하더라도 그림 정황을
봐서 단순한 짐이 아니라 먹거리가 분명하다.

　이처럼 혜원의 풍속화는 조선후기 생활공간의 정황을 간절하
고 곡진하게 그리고 있는 것이다. 이를 제대로 읽어 줄 일이다.

2) 풍속화가 신윤복의 삶

　이상의 모든 작업은 전적으로 의문과 순간포착에서 기인한 것
이다. 생몰연대 조차 불분명한 '베일에 싸인' 화가 혜원 신윤복,
그의 낱낱의 그림 속에서 정말 기막힌 광경이 보였고 이것이 서
사적 이야기의 단서는 아닐까 하는 데서 문학을 전공하는 필자
로 하여금 미술의 높은 담을 넘보게 하였다. 우연찮은 인연으로
전시관을 찾았고 도록(圖錄)을 들여다보면서, <미인도(美人圖)>
와 <상춘야흥>·<청금상련> 등 일련의 작품들 사이에 상관성이
읽혔다.

　미인의 얼굴과 자태는 <상춘야흥>에 다소곳이 앉아있는 여인
과 너무나도 닮아있었다. 배추치마와 저고리의 모양과 빛깔이 동

---

73) 한국민속사전편찬위원회, 『한국민속대사전』 1, 민족문화사, 1991, 335~
　　337면 참고.

일한 것이고 무엇보다, 강한 인상을 주고 있는 저고리 밑으로 흐르는 다홍색의 안고름이 같은 것이다.[74] 그리고 약간 앞으로 기울인 고개, 트레머리의 생김새, 실눈썹, 다소곳한 눈매, 부드러운 콧날, 조그만 입술, 살포시 저민 손이 하나같은 분위기를 갖는다. 두 인물은 동일인이 아닐까? 그렇다면 화

〈상춘야흥 부분도〉

〈미인도(美人圖)〉
비단 담채 113.9×45.6cm

가 신윤복은 미인, 옹색한 대로 이름 붙이자면 연(蓮)이를 사랑했던 것은 아닐는지. 여기서 <미인도(美人圖)>의 '미인'을 '연(蓮)'이라는 이름으로 일컫는 것은 다음과 같은 이유에서이다. 우선 낱낱의 작품 속에 등장하는 여러 여인들 가운데 '미인'과 상관성이 있는 여인을 변별하여 지칭하기 위함이다. 또한 혜원의 작품 가운데 연당(蓮塘)을 배경으로 여인을 그려낸 작품(<청금상련>·

---

74) 박경자, 「혜원 풍속화에서 본 18세기의 일반복식」, 『韓國의 服飾』, 한국문화재보호협회, 342면, 1982, 참고.

〈상춘야흥 부분도〉

<연당의 여인> 등)이 있어 인상에 깊이 각인되었기 때문이다.

<미인도>의 화제, '책상다리하고 앉아 마음속에 이는 만 가지 춘정, 붓끝으로 능히 사물로 옮겨 참모습을 전하노라'(盤礴胸中萬化春 筆端能與物傳神)라는 글에서 혜원의 사모하는 마음을 읽을 수 있다. <미인도>야말로 사의(寫意)를 담은 작품으로 읽을 수 있다면, 혜원은 연이를 연모(戀慕)했던 것이라 생각된다. 사모(思慕)했기에, 빤히 정성스럽게 바라보았기에 미인의 전신(傳神)을 이루어낼 수 있었던 것이다. <미인도>는 그 관서와 인장이 '비완 고미술 정품전'(秘玩古美術精品展, 1994년)에서 공개된 『취화첩』(醉畵帖, 1808년)의 것과 동일한 점으로 보아, 1808년에 제작된 것으로 볼 수 있다.[75] 따라서 혜원의 삶, 그의 사랑이 작품을 통해서 구체적인 시간과 공간으로 확인된다.[76]

---

75) 정병모, 『한국의 풍속화』, 한길아트, 2000, 346면.

76) 혜원이 연모의 사무침으로 <미인도>를 비롯한 일련의 작품을 '1808년' 무렵에 이룬 것이라면, 의문의 출생연도(1758?)는 재점검되어야 할 것으로 본다. 나이 오십에 이런 감정이 가능한 것인지 의문이 든다.

<상춘야흥>의 우측, 불쾌한 얼굴로 돌아서고 있는 젊은이가 혜원은 아니었을까? 좌장 곁에 앉아있는 연의 표정에는 어두운 그림자, 슬픔이 드리워져 있다. 그런 연이를 바라볼 수밖에 없었던 혜원은 마침내 얼굴 가득 울분을 드리우며 돌아설 수밖에 없었으리라. 연이는 어떤 인물이었을까, 그녀를 그려낸 신윤복은 어떤 마음이었을까? 그는 왜 <미인도>를 비롯한 일련의 그림을 그렸으며, 그의 그림에서 양반의 행태가 부정적으로 읽히는 이유는 무엇일까? 얼결에 그리지는 않았으리라, 시쳇말로 '계획적'으로 눈에 보이는 실상과 맘에 담겨진 의도를 화폭에 담아낸 것이리라. 그의 필치로 보아 혜원은 호락호락한 인물이 아니었다. 앞서 언급한 일그러진 표정의 인물들이 갖는 의미는 혜원의 심기를 반영한 것이다. 자신의 심정을 그림 밖에서 인물의 일그러진 표정으로 대신 나타내기도 하고 때때로, 자신이 직접 그림 안에 들어와 등 돌리고 서 있는 것은 아닐는지. 그의 그림을 꼼꼼히 들여다볼 일이다.

다시 말해서, 혜원의 풍속화는 그가 살았던 조선후기 풍속의 정황을 핍진하게 보여주는 자료적 가치가 높다. 아울러, 불명확한 그의 삶을 재구하는 편린 그 이상의 실마리를 제공한다. 혜원의 그림은 면면히, 꼼꼼히 살펴 볼 여지를 가지고 있다.

제2장 성풍속의 재구성

사계절, 한평생 긴긴 봄만 같기를.

1. 성묘사의 전통과 『변강쇠가』의 〈기물타령〉

조선후기 판소리를 비롯한 시정예술(市井藝術)을 살펴보면, 인간사(人間事)에 대한 곡진하고 절묘한 묘사에 놀라게 된다. 특히 성(性)에 대한 묘사와 성적인 담론은 흥미롭기 그지없다.

예술사에서 보면, 성묘사(性描寫)의 전통을 상고시대(上古時代)로부터 찾을 수 있다. 예를 들어, 원시 암각화(岩刻畵)에 새겨진 성에 대한 묘사는 다산(多産)과 풍요(豊饒)의 상징으로 여겨진다. 이후 삼국시대, 고려시대, 조선시대에 걸쳐 성이 묘사된 사례들은 심심찮게 확인된다. 예를 들면 남녀의 성기(性器)가 강조된 신라의 토우(土偶)라든지, 다양한 성체위(性體位)를 담고 있는 고려의 동경(銅鏡), 조악한 대로 성교(性交)의 형상이 표현된 조선의 별전(別錢) 등이 있다. 더욱이 조선후기 회화(繪畵)에서는 성희(性戱)를 표현한 춘화(春畵)를 쉽게 찾아볼 수 있다.[77] 다만 성묘사의 전통은 오랜 시간 속에서 분절되고 조각나서 아쉬움을 남긴다.

---

77) 이태호, 『미술로 본 한국의 에로티시즘』, 여성신문사, 1998 참고.

1) 예술과 성묘사의 전통

성묘사의 전통은 장구한 세월을 거쳐 조각조각 전하는 한정된 자료 탓에 통시적인 의미를 새기기에는 한계가 있어 보인다. 대체로 성기 및 성교의 묘사가 이루어진 사례들은 다산과 풍요의 상징으로 해석되고 있는 것이 통설이다. 여기서 한 가지 의문이 든다. 성묘사를 한결같이 다산과 풍요의 상징으로 이해할 수 있는가. 여타의 가능성은 없는지 의아심이 인다.

따라서 이 자리에서는 조선후기 시정예술을 중심으로 성묘사의 의미를 새겨보고자 한다. 이 작업은 그간 광범위하고도 막연하게 다루어지던 성묘사의 전통과 의미를 좀 더 공시적(共時的)·미시적(微視的)인 차원에서 면면히 살펴보고자 하는 것이다. 다산과 풍요의 염원을 담은 생산적(生産的)인 성묘사뿐만 아니라, 호색(好色)과 퇴폐(頹廢)의 경향을 띠는 비생산적(非生産的)인 성묘사도 이루어졌던 것으로 여겨지기 때문이다.

조선후기 성에 대한 묘사는 판소리·야담·회화 등 여러 예술 장르에서 두루 확인할 수 있다. 특히 회화에 있어서, 18세기 중엽 정선(鄭敾, 1676~1759)의 음양산수도(陰陽山水圖)와 19세기를 걸쳐 김홍도(金弘道, 1745~1806?)의 춘화(春畵)·신윤복(申潤福, 미상)의 풍속화는 눈길을 끈다.

2) 정선의 음양산수도

정선은 자연물에 빗대어 남녀의 성기 형상을 그린 수묵산수화 (水墨山水畵), 음양산수도를 남기고 있다. 다음의 작품을 감상해 보자.

〈어촌도(漁村圖)〉
종이 수묵(水墨) 26.6×39.0cm

〈관폭도(觀瀑圖)〉
종이 수묵 27.0×39.0cm

우선 이 작품에 대한 미술 전문가의 해설에 귀기울여보고자 한다. 여기서 '양(陽)을 상징하는 산수도인 <어촌도(漁村圖)>는 어스름한 초승달이 떠 있는 밤 풍경이다. 어촌 마을 뒤편에 있는 언덕의 형세가 마치 대포의 포신을 세운 것처럼 비스듬히 솟게 했는데, 영락없는 가지 모양의 남근이다. 이제 막 차오르기 시작 하는 초승달과 함께 야릇한 기운의 분위기를 연출한 작품이라 하겠다.'

한편 '음(陰)의 산수도에 해당하는 <관폭도(觀瀑圖)>는 언덕 아래 정자에서 폭포를 감상하는 선비의 모습을 담은 그림이다. 언뜻 보면 평범한 관폭도 유형의 산수화인데, 폭포와 좌우의 언덕 형태가 예사롭지 않다. 폭포가 여성을 상징하는 것이기도 하지만, 여성의 음부를 빼닮게 그렸기 때문이다. 이처럼 노골적이면서 은근한 해학미를 풍기는 음양산수도는 정선의 여유와 호탕함을 엿볼 수 있게 한다.'78) 이는 절묘한 묘사에 적절한 해설이다.

다만 한 가지 덧붙이자면 음의 산수도로 소개된 <관폭도>의 경우 음만이 아닌, 음양의 조화를 한 폭에 그린 것으로 보아야 할 듯하다. 폭포를 감상하는 선비의 정자 뒤 소나무 언덕에 시선을 둘 일이다. 폭포를 여곡(女谷)으로 본다면 솔 언덕의 지형은 남근의 귀두(龜頭) 형상이라고 할 것이다.79)

---

78) 이태호 엮음, 『조선후기 그림의 기(氣)와 세(勢)』, 학고재, 2005, 110면.

79) 여기서 흥미로운 기사(記事)를 하나 소개하고자 한다. 정자 뒤에 소나무 언덕을 '가랑이를 벌려 여근을 드러내고' 있는 형상으로 보는 견해이다(곽교신, "그림에 숨긴 조선 선비의 에로티시즘", 오마이뉴스, 2005년 4월 11일자). 그럴듯한 주장이다. 다시금 정선의 화법(畵法)을 살필 일이다. 그의 수작(秀作)으로 손꼽히는 <박연폭도(朴淵瀑圖)>의 좌측 하단 '수직으로 솟은 버섯 모양의 바위는 영락없이 발기한 남자의 성기'를 묘사한 것이고(이태호 엮음, 앞의 책, 84면) 그 위에도 소나무가 우거져 있다. 이러한 맥락(脈絡)에서 보자면 <관폭도>의 소나무 언덕은 폭포를 감상하는 선비의 품은 심사(心思)를 비유하는 것으로 여겨진다. 따라서 귀두의 형상이 선비의 배면(背面)에 배치되었을 뿐만 아니라 폭포를 향하여 수직으로 우뚝 솟아 있는 것이다.

　이러한 성묘사의 전통은 19세기 김홍도와 신윤복에 이르러 보다 사실감 넘치는 성희 장면으로 녹아서 표현된다.

3) 김홍도의 춘화

　김홍도의 작품으로 알려진 춘화를 살펴보자. 해당 작품은 구체적인 작품명이 확인되지 않는다. 다만 『운우도첩(雲雨圖帖)』이란 책명 아래서 해당 작품이 소개되고 있기 때문에 기술의 편의상 '월하운우(月下雲雨)'와 '암두운우(巖頭雲雨)'라고 칭하고자 한다.

　<월하운우(月下雲雨)>에는 고요한 달빛 아래서 운우지정(雲雨之情)을 나누는 한 쌍의 청춘남녀가 그려져 있다. 이들의 성희 장면은 비스듬히 굽이쳐 오르는 버드나무 너머에서 이루어지고, 달은 버들가지 사이에 살포시 가려져 있다. 사내의 몸은 굽이쳐

<월하운우(月下雲雨)>
종이 수묵담채(水墨淡彩) 28×38.5cm

오르는 버들처럼 여인의 불두덩을 향하고, 여인의 얼굴은 숨어든 달마냥 수줍은 듯, 숨이 찬 듯 홍조(紅潮)를 띠고 있다.

　한편 <암두운우(巖頭雲雨)>에는 커다란 바위 곁에서 한 몸이 되어 성희를 즐기는 남녀가 그려져 있다. 이 그림에서 바위는 여

〈암두운우(巖頭雲雨)〉
종이 수묵담채 28×38.5cm

성의 성기를, 그 바위와 연결된 평지는 바위 속으로 파고드는 거대한 남근을 암시한다는 해설이 있어 눈길을 끈다.[80] 성희를 즐기는 남녀에게서 잠시 시선을 거두어 주변 경관을 살필 일이다. 혹은 그림을 180도 돌려서 들여다보면 쉽게 이해가 가능하다. 이때 남녀의 내밀한 신체와 그 결합은 클로즈업 된다. 더욱이 이 그림은 『변강쇠가』에서 강쇠와 옹녀가 처음 만나서 야합(野合)한 청석관(靑石關) 대목을 연상시키고 있어 흥미롭다. 강쇠와 옹녀, '연놈이 오다가다 청석골 좁은 길에 둘이 서로 만났거든', 몇 마디 수작 끝에 '청석관을 처가(妻家)로 알고, 둘이 손길 마주잡고 바위 위에 올라가서 대사(大事)를 지내는데, 신랑(新郎) 신부(新婦) 두 연놈이 이력(履歷)이 찬 것이라 이런 야단 없겠구나. 멀끔한 대낮에 연놈이 훨썩 벗고 …' 이러저러한 정황을 <암두운우>는 화폭에 옮겨놓은 듯하다.

이처럼 성묘사의 전통은 자연물에 빗대어 그린 정선의 음양산

---

80) 서정걸, 「作品解說」, 『韓國의 春畵』, 미술사랑, 2003.

수도를 거쳐, 자연물과 인간의 신체를 한 화면에 구성한 김홍도
의 춘화에 면면(綿綿)히 이어지고 있다. 이미 알고 있는 것처럼
정선과 김홍도는 조선시대의 손꼽히는 화가이다. 정선은 조선의
산천(山川)을 실경(實景)으로 담아낸 진경산수화(眞景山水畵)의
시조(始祖)이며, 김홍도는 풍속화가(風俗畵家)로서 잘 알려져 있
을 뿐만 아니라 산수화에서도 이름난 화가이다.

4) 신윤복의 풍속화

다음의 그림은 산수화가로서 이름
은 나지 않았으나, 풍속화가로서 이
름이 높았던 신윤복의 작품이다. 이
작품은 <사시장춘(四時長春)>이라는
작품명으로 소개되고 있다. 이는 그
림의 정황에 따른 명칭으로 여겨진다.
우선 화면 중앙의 기둥에 쓰여 있는
글씨, 주련(柱聯)을 살펴보면 이 작품
명의 유래(由來)를 쉽게 짐작할 수 있
다. 주련에는 '사(四)·시(時)·장(長)·
춘(春)' 네 자의 글씨가 쓰여 있다.
그 사전적 의미는 일 년 내내 봄과

〈사시장춘(四時長春)〉
종이 담채(淡彩) 27.2×15.0cm

같음, 늘 잘 지낸다는 뜻으로 새길 수 있다. 무엇을 하면서 잘 지낸다는 말인가. 그림 속을 찬찬히 들여다볼 일이다.

주련 아래 툇마루에는 신발 두 켤레가 놓여져 있다. 조심성 있게 가지런히 벗고 들어간 모습은 아니다. 방 안에 한 쌍은 무엇이 그리 급했던지 신발을 헐레벌떡 벗어 놓았다. 한편 방 밖에 여동(女童)은 조촐하게 차린 주안상(酒案床)을 들고서는 발걸음을 멈춘다. 안을 향해 인기척을 내는지 들어서지 못하고 주춤거린다.

이 작품은 조선후기 풍속화로서 혹은 춘화로서 걸작으로 평가할 만하다. 그림 우측의 계곡은 정선의 음양산수도의 전통에서 이해할 수 있다. 이것은 여곡(女谷)의 형상으로 볼 수 있을 뿐만 아니라, 그 자체로 방 안에 남녀의 애틋한 운우지정을 연상하게 한다. 따라서 <사시장춘>은 늘 인생의 봄날, 춘정(春情)의 만끽을 표현한 담백(淡白)하면서도 풍요로운 상상(想像)을 불러일으키는 춘화라고 할 만하다. 더욱이 이 그림은 『춘향전』의 이도령과 춘향의 사랑대목을 떠오르게 만들고 있어 흥미롭다.[81]

─────────────

81) 성현경, 『옛 그림과 함께 읽는 李古本 춘향전』, 열림원, 2001, 69면 (도판) 및 70면 참고 ; 성현경은 이고본 춘향전의 현대역(現代譯)을 하면서 사랑대목에 <사시장춘>을 삽화(揷畵)로 사용하고 있다. 이는 탁월한 안목과 흥미로운 설정이다. 다만 이고본 사랑대목의 상당부분이 'X'자로 지워져 전하기 때문에 필자는 도남문고본에서 해당부분을 읽어내고자 한다. 도남문고본은 이고본의 산실(散失)된 부분을

5) 『춘향전』의 사랑대목

판소리 춘향가와 더불어 소설 『춘향전』은 당시 민의 사랑을
받은 대표적인 문예물이다. 『춘향전』은 만남, 사랑, 이별, 수난,
재회의 다섯 대목으로 이루어진다. 이 가운데 사랑대목은 이도령
이 춘향의 집에 찾아가 춘향과 사랑을 나누는 장면을 중심으로
이루어진다. 이도령은 춘향의 집에 찾아든 첫날부터 춘향과 애틋
한 사랑을 나누고, 이후로 여러 날을 춘향의 집에 드나들며 깊은
정을 쌓는다. 이팔청춘 꽃다운 춘향과 혈기왕성한 이도령의 사
랑, 이들의 운우지정을 잠시 들여다보자.

　　① 츈향이 … 치마 버셔 옷거리의 걸고 보션 버셔 요밋히
너코 져고리 벗고 바지 벗고 니블 속의 쒸여들 제 니도령 취
안이 몽농ᄒ야 ᄒᄂᆫ 말이 엉 여보아라 속것무자 버셔라 벗ᄂᆫ
모양 주미 잇다 허리쯱 그ᄅ고 속것 프러 두 발노 미적미적
니블 밧긔 늿쩌리니 니블을 활작 벗겨노코 네게 쳥ᄒ자 니려
셔거라 눈결의 얼픗 보니 삼삼이의 츠인거시 밍낭ᄒ고 야릇
ᄒ다 늙은 즁의 곳갈쳐로 이리저리 ᄀ로누벼 네 귀 번듯 민
드라셔 두 귀ᄂᆫ 졉어너코 두 귀ᄂᆫ 쯴을 드라 노쟝즁의 들부

재구(再構)하는 자료뿐만 아니라 당시 유흥공간의 정황을 살펴볼 수
있는 유용한 자료로 여겨진다. 이에 대한 자세한 논의는 이하 본문
에서 이루어질 것이다.

츠듯 고미르 명뱟 모양으로 아조 담삭 츠엿고나 저거슨 무슨
옷시니 츈향이 함쇼함틱ㅎ고 되답ㅎ되 옷시 아니라 <u>괴삼쟝</u>이
라 ㅎ오 대져 네 집이 부지로다 괴를 사쟝ㅎ야 덥는가보다마
는 네가 츠기는 웬 일이니 초ㅎ로 보름 구실ㅎ기의 첫쇼 구
실이라니 무슴 구실둔니느니 어영텽의 둔니느냐 금위영의 둔
니느냐 훈련도감의 둔니느냐 농호영의 둔니느냐 포도텽의 둔
니느냐 슌텽의를 둔니느냐 무슨 구실 둔니느냐 그런 구실 아
니오라 녀즌 팔즌 가쇼로와 삼오츈광 되량이면 월후라 ㅎ는
거슬 둘마다 ㅎ느이다 월후삼쟝 글너노코 식년동당의 긔추관
혁쳐로 잠간 니러셔려무나 그는 과연 둥난ㅎ오 그만ㅎ야 자
스이다 졔발 덕분 네게 빌자 아니 셔든 못ㅎ리라 츈향이 홀
이업서 반만 니러셔다가 도로 안즐 졔 유졍송목부라보니

　② 만텹쳥산 늙은 즁이 숑이둑을 즈시다가 혀를 더힌 형상
이오 홍모란이 반기ㅎ야 픠여오는 형상이라 연계찜을 즐기시
다 둙의 볏츤 무슴일고 먹줄자리의 독긔즈국이 줄바로도 마
즛고나

　③ 니도령의 거동보쇼 일신이 졈졈 져려오니 훨훨 벗고 아
조 벗고 모도 벗고 영영 벗셔 휘휘츤츤 후리치고 금침으로
쒸여들 졔 춘향이 ㅎ는 말이 놈두렬낭 셔라더니 당신은 웨
아니 니러셔오 니도령이 눈결의 니러셔셔 어늬스이 안즐 젹
의 츈향이 뭇는 말이 반눙단 졔빗치오 숑이대강이 ᄀ튼 거시
무어시오 그거슨 모릭리라 동힉바다의셔 대합됴개 일슈 잘
식먹는 소라고동이라 ㅎ는 거시라 (도남문고본 춘향전, 32〜
34면, 단락 번호 및 밑줄 필자)[82)]

춘향은 치마·버선·저고리·속바지 등을 차례로 벗고 이불 속에 뛰어든다. 이때 이도령은 춘향에게 속옷마저 벗으라고 조른다. 그 벗는 모양이 재미있다나. 춘향은 허리띠를 끄르고 속곳을 벗어 두 발로 미적미적 이불 밖에 내어 놓는다. 다시금 이도령은 이불을 활짝 들쳐 내고서는 일어서라고 청한다. 얼핏 보니 속곳 안에 입은 옷이 '맹랑하고 야릇하다'고 하면서 재촉한다. 이에 춘향은 웃음을 머금고 옷이 아니라 '괴삼장'(밑줄)이라고 말한다. 여기서 이도령은 한술 더 떠서는 그것마저 벗어 놓고 일어서라고 조른다. 춘향은 아니 된다며 그만 잠이나 자자고 하소연한다. 이도령은 한층 끈질기다. 제발 덕분에 네게 빌자면서 춘향을 일으켜 세운다. 춘향은 하릴없이 엉거주춤 일어섰다가는 주저앉는다.(①)

이 장면은 춘향과 이도령이 정(情)을 나누는 정황을 아기자기하게 그리고 있을 뿐만 아니라, 유흥공간에서 남성이 여성의 내밀한 신체를 들추어 보던 기방풍속(妓房風俗)의 잔흔을 보여주는 것으로 여겨진다.[83]

더욱이 눈길을 끄는 것은 이어지는 이도령의 사설(辭說)이다.

---

82) 김진영·김현주 외 편저, 『춘향전 전집』 6, 박이정, 1997, 32~33면. 이하 인용문은 작품명과 해당 출판물의 면수(面數)만을 밝힌다.

83) 이문성, 「辭說時調에 나타난 性的 語戲와 性風俗」, 『한국학연구』 19, 2003 하반기, 391~395면 참고.

춘향의 내밀한 신체를 다음과 같이 묘사한다. 만첩청산(萬疊靑山) 늙은 중이 송이 죽(粥)을 자시다가 혀를 덴 형상이오. 홍모란(紅牧丹)이 반개(半開)하여 피어오르는 형상이라. 연계(軟鷄)찜을 즐기다가 닭의 벼슬은 무슨 일고 먹줄자리에 도끼자국이 줄 바로도 맞았구나.(②) 이는 마치 강쇠의 노래, <기물타령(음)>의 축소판인 듯하다.

바야흐로 이도령은 춘정(春情)에 못 이겨서 옷을 훨훨 벗어 후려치고 금침(衾枕) 안으로 뛰어든다. 이에 춘향도 질세라 한마디 한다. 이도령도 일어서라는 것이다. 이도령은 순식간에 일어섰다가 내처 앉는다. 연이어 춘향은 이도령의 신체의 특정 부분에 대해 묻는다. 송이 대강이 같은 것이 무엇이냐고. 이에 이도령은 동해바다 대합조개 일쑤 잘 까먹는 소라고둥이라고 답한다.(③) 이처럼 남녀의 성에 대한 비유와 묘사는 판소리 관련 작품에서 드물지 않게 확인된다. 이 가운데 『변강쇠가』는 성묘사의 양과 질에 있어서 손꼽히는 작품이다. 이를 살펴보기에 앞서 『춘향전』의 정황을 더 확인하고 넘어가야 할 듯하다.

이도령과 춘향은 서로의 내밀한 신체를 살펴본 뒤에, 두 몸이 한 몸이 되어 여산폭포(盧山瀑布)에 돌이 구르듯 데굴데굴 구르면서 성희를 즐긴다. 이 장면에서 이도령이 부르는 노래가 <비점가(批點歌)>이다.

　　에후리쳐 덥셕 안고 두 몸이 흔 몸 되엿고나 네 몸이 내
몸이오 네 살이 내 살이라 호탕흐고 무로녹아 녀산폭포의 돌
구으듯 데굴데굴 구을면서 비뎜가로 화답흔다
　　우리 둘히 만나시니 만날 봉즈 비뎜이오 우리 둘히 누어시
니 누을 와즈 비뎜이오 둘히 서로 버서시니 버슬 탈즈 비뎜
이오 우리 둘히 덥허시니 덥흘 부즈 비뎜이오 둘히 서로 즐
겨시니 즐길 낙즈 비뎜이오 우리 둘히 입맛초니 범즉 녀즈
비뎜이오 우리 둘히 빅다히니 빅 복즈가 비뎜이오 네 아릭를
구버보니 오목 요즈 비뎜이오 내 아릭를 구버보니 늬밀 뎔즈
비뎜이오 두 몸이 흔 몸 되니 모둘 합즈 비뎜이오 나아갈 진
믈너갈 퇴 즈줄 빈즈 비뎜이오 됴흘 호 실 산 믈 슈즈 비뎜
이라 (춘향전, 33～34면)

<비뎜가>는 춘향전 이본(異本)에서 두루 확인되는 가요(歌謠)
이다. 옛날 시문(詩文)을 평가할 때 잘된 곳에 둥그런 점, 비점
(批點)을 찍듯이 춘향과 이도령의 성희 장면을 각각의 한자(漢
字)에 비유하여 읊고 있다. 그 내용을 음미하여 보자.

　우리 둘이 만났으니 만날 봉(逢)자 비점이오. 우리 둘이 누웠
으니 누울 와(臥)자 비점이오. 둘이 서로 벗었으니 벗을 탈(脫)자
비점이오. 우리 둘이 덮었으니 덮을 부(覆)자 비점이오. 둘이 서
로 즐겼으니 즐길 낙(樂)자 비점이오. 우리 둘이 입 맞추니 법칙
여(呂)자 비점이오. 우리 둘이 배 닿으니 배 복(腹)자가 비점이
오. 네 아래를 굽어보니 오목 요(凹)자 비점이오. 내 아래를 굽어

보니 내밀 철(凸)자 비점이오. 두 몸이 한 몸 되니 모을 합(合)자 비점이오. 나아갈 진(進) 물러날 퇴(退) 잦을 빈(頻)자 비점이오. 좋을 호(好) 실 산(酸) 물 수(水)자 비점이라.

이상에서 살펴본 것처럼 『춘향전』에는 성에 대한 비유와 묘사가 해학적(諧謔的)으로 잘 그려져 있다. 정도의 차이는 있겠으나, 『심청전』과 『흥보전』에서도 성에 대한 묘사를 쉽게 확인할 수 있다.[84] 여기서 짚어 보아야 할 문제는 그 결말 구조이다.

이본간의 다소 차이는 있으나 『춘향전』의 경우, 이도령과 춘향은 백년해로(百年偕老)를 하고 아들·딸을 낳아 내외손이 번성하는 것으로 마무리된다. 『심청전』 또한 성에 헐떡이며 <방아타령>을 불러대던 심봉사는 작품 말미에서 새로운 처(妻)를 얻고 부귀공명(富貴功名)을 누리게 된다. 『흥보전』의 경우, 박살(撲殺)할 놈 그 노릇을 해도 밤이면 대고 파고 계집년 생긴 것이 음녀(淫女)라고 놀보에게 핀잔을 듣던 흥보 내외는 스무 명 안팎에 자식을 두었으며 부자(富者)가 되어 풍요로운 삶을 만끽하게 된다. 이로써 보자면, 성에 대한 두드러진 묘사는 작품 결말의 다산과 풍요를 예시(豫示)하는 것처럼 여겨진다. 여기서 『변강쇠가』가 주목된다.

---

84) 김기형, 「판소리에 나타난 육담의 미적 특질과 기능」, 김선풍 외, 『한국 육담의 세계관』, 국학자료원, 1997 참고.

6) 『변강쇠가』의 〈기물타령〉

『변강쇠가』는 성묘사에 있어서 규모와 내용에서 여타의 작품에 뒤지지 않는다. 그러나 그 결말은 다산과 풍요와는 상관이 없다. 이미 알고 있는 것처럼 강쇠는 장승 동티를 얻어 오만가지의 병으로 죽고 옹녀는 이를 데 없이 막막하게 거리로 내몰린다. 실로 의아한 마무리라고 할 수 있다. 이에 작품의 문면(文面)을 곰곰이 살펴서 의문 해결의 실마리를 찾고자 한다. 우선 『변강쇠가』의 〈기물타령(음)〉을 살펴볼 일이다.

天生陰骨 강쇠놈이 女人 兩脚 번듯 들고 玉門關을 굽어보며, 「異常히도 생겼다. 孟浪히도 생겼다. 늙은 중의 입일는지 털은 돋고 이는 없다. 소나기를 맞았던지 언덕 깊게 파이었다. 콩밭 팥밭 지났던지 돔부꽃이 비치었다. 도끼날을 맞았던지 금 바르게 터져 있다. 生水處 沃畓인지 물이 恒常 괴어 있다. 무슨 말을 하려관대 옴질옴질 하고 있노. 千里行龍 내려오다 주먹바위 神通하다. 萬頃蒼波 조갤런지 혀를 삐쭘 빼었으며, 任實 곶감 먹었던지 곶감 씨가 贓物이요, 萬疊山中 으름인지 제라 절로 벌어졌다. 軟鷄湯을 먹었던지 닭의 벼슬 비치었다. 破明堂을 하였던지 더운 김이 그저 난다. 제 무엇이 즐거워서 반쯤 웃어 두었구나. 곶감 있고, 으름 있고, 조개 있고, 軟鷄 있고, 祭祀장은 걱정 없다.」 (변강쇠가, 537면)[85]

첫 만남의 순간부터 번거로운 절차 없이 곧바로 서로의 속내 (?)를 확인하고 있다. 천생음골(天生陰骨) 강쇠놈이 옹녀의 양각 (兩脚)을 번쩍 들고 옥문관(玉門關)을 굽어보며 노래한다.

이상히도 생겼다. 맹랑히도 생겼다. 늙은 중의 입일는지 털은 돋고 이는 없다. 소나기를 맞았던지 언덕 깊게 파였다. 콩밭·팥 밭 지났던지 돔부꽃이 비치었다. 도끼날을 맞았던지 금이 바르게 터져 있다. 생수처(生水處) 옥답(沃畓)인지 물이 항상 괴어 있다. 무슨 말을 하려관데 옴질옴질 하고 있나. 천리행룡(千里行龍) 내 려오다 주먹바위 신통(神通)하다. 만경창파(萬頃蒼波) 조갤는지 혀를 삐쭉 빼었으며, 임실(任實) 곶감 먹었던지 곶감 씨가 장물 (臟物)이요, 만첩산중(萬疊山中) 으름인지 저절로 벌어졌다. 연계 탕(軟鷄湯)을 먹었던지 닭의 벼슬 비치었다. 파명당(破明堂)을 하였던지 더운 김이 그저 난다. 제 무엇이 즐거워서 반쯤 웃어 두었구나. 곶감 있고, 으름 있고, 조개 있고, 연계 있고, 제사(祭 祀) 장은 걱정 없다.

앞서 살펴본 이도령의 사설에 비해 변강쇠의 <기물타령(음)> 은 양에 있어서나 질에 있어서 한수 위라고 할 만하다. 또한 강 쇠의 남근을 노래한 옹녀의 <기물타령(양)>과 두 몸이 한 몸이 되어 청석관에서 벌이는 성희 장면 등은 비할 데 없이 화려하고

---

85) 강한영 교주, 『申在孝 판소리사설집(全)』, 민중서관, 1971, 537면.

자세하다.[86] 그러나 이 모든 것은 다산과 풍요의 예시가 되지 못
한다. 결말에서 강쇠는 그 시체(屍體)마저 세 동강이가 나고 바
위에 갈리는 처참한 죽음을 당한다. 옹녀에 대해서는 가타부타
언급이 없다. 그나마 옹녀를 위해 강쇠의 치상(治喪)을 거들어
준 뎁득이마저도 처자(妻子)를 찾아 떠나 버린다. 홀로 남겨진
옹녀의 모습을 어찌 이해해야 할는지, 난감하다.

　이러한 별스런 결말은 어쩌면 작품 서두에서부터 예견되어 있
던 듯하다. 옥녀는 처음 등장할 때부터 청상살(靑孀煞)을 타고난
모질고 메마른 여성으로 소개된다.

　　中年에 孟浪한 일이 있던 것이었다. 平安道 月景村에 계
　집 하나 있으되, 얼굴로 볼작시면 春二月 半開桃花 玉鬢에
　어리었고, 初승에 지는 달빛 蛾眉間에 비치었다. 櫻桃脣 고
　운 입은 빛난 唐彩 朱紅筆로 떡 들입다 꾹 찍은 듯, 細柳같

---

86) 『변강쇠가』의 <기물타령(양)>, "「異常히도 생겼네, 孟浪히도 생겼네.
　　前陪使令 서려는지 雙걸囊을 느직하게 달고, 五軍門 軍牢던가 복덕
　　이를 붉게 쓰고 냇물 가에 물방안지 떨구덩떨구덩 끄덕인다. 송아지
　　말뚝인지 털고삐를 둘렀구나. 感氣를 얻었던지 맑은 코는 무슨 일꼬.
　　性情도 酷毒하다 화 곧 나면 눈물난다. 어린아이 病일는지 젖은 어
　　찌 게웠으며, 祭祀에 쓴 숭魚인지 꼬챙이 굵이 그저 있다. 뒷 절 큰
　　방 老僧인지 민대가리 둥글린다. 少年人事 다 배웠다, 꼬박꼬박 절
　　을 하네. 고추 찧던 절굿댄지 검붉기는 무슨 일꼬. 七八月 알밤인지
　　뚜 쪽 한데 붙어 있다. 물방아, 절굿대며, 쇠고삐, 걸랑 風物 세간
　　걱정 없네」" 강한영 교주, 앞의 책, 537~539면.

이 가는 허리 봄바람에 흐늘흐늘, 찡그리며 웃는 것과 말하며
걷는 態度 西施와 褒姒라도 따를 수가 없건마는, 四柱에 靑
孀煞이 겹겹이 쌓인 故로 喪夫를 하여도 징글징글하고 지긋
지긋하게 단콩 주워 먹듯하것다.

　열다섯에 얻은 書房 첫날밤 잠자리에 急傷寒에 죽고, 열여
섯에 얻은 書房 唐瘡病에 튀고, 열일곱에 얻은 書房 용천병
에 펴고, 열여덟에 얻은 書房 벼락 맞아 식고, 열아홉에 얻은
書房 天下에 大賊으로 捕廳에 떨어지고, 스무 살에 얻은 書
房 砒霜 먹고 돌아가니, 書房에 퇴가 나고, 송장 치기 신물
난다. (변강쇠가, 533면)

근래(近來)에 맹랑한 일이 있던 것이었다. 평안도(平安圖) 월
경촌(月景村)에 계집 하나 있으되, 얼굴로 볼작시면 춘이월(春二
月)의 반개한 복숭아꽃 아름다운 귀밑머리에 어리었고, 초승에
지는 달빛 아름다운 미간(眉間)에 비치었다. 앵두 같은 입술 고
운 입은 당(唐)나라 주홍(朱紅) 물감을 붓으로 떡 들입다 꾹 찍
은 듯, 버들 같이 가는 허리 봄바람에 흐늘흐늘, 찡그리며 웃는
것과 말하고 걷는 태도 서시(西施)와 포사(褒姒)라도 따를 수가
없건마는, 사주(四柱)에 청상살이 겹겹이 쌓인 고로 상부(喪夫)를
하여도 징글징글하고 지긋지긋하게 단콩 주워 먹듯 하더라.

청상살이라 하면, '젊어서 과부(寡婦)가 될 모진 신기(神氣)'
정도로 이해할 수 있다. 문제는 남편의 상(喪)을 당하더라도 한

두 차례가 아니라는 것이다. 옹녀의 상부(喪夫) 이력(履歷)은 이러하다.

열다섯에 얻은 서방(書房) 첫날밤 잠자리에 급상한(急傷寒)에 죽고, 열여섯에 얻은 서방 당창병(唐瘡病)에 튀고, 열일곱에 얻은 서방 용천병(湧泉病)에 펴고, 열여덟에 얻은 서방 벼락 맞아 식고, 열아홉에 얻은 서방 천하에 대적(大賊)으로 포청(捕廳)에 떨어지고, 스무 살에 얻은 서방 비상(砒霜) 먹고 돌아가니, 서방에 퇴가 나고, 송장 치기 신물난다. 바야흐로 옹녀의 서방들은 급상한·당창병 등의 성병(性病)과 용천의 문둥병으로 죽기도 하고, 벼락을 맞는다거나 도적질로 관(官)에서 사형(死刑)을 당하기도 하며, 음독자살(飮毒自殺) 등 다양한 모습으로 죽는다. 이처럼 『변강쇠가』에서는 상부의 모든 책임을 운명적으로 타고난 옹녀의 청상살에 두고 있다.

더욱이 흥미로운 사실은 옹녀의 청상살은 수많은 남성을 죽음으로 몰아넣었을 뿐만 아니라, 그녀는 혈육(血肉)이라곤 한점 없는 무자(無子)의 여인이라는 것이다. 그 많은 남성들과 수차례 관계를 가지면서도 한차례 생산력조차 보여주지 못한다.

이처럼 작품에서 옹녀는 비생산적인 여성으로 설정되어 있다. 또한 작품 속에 도민(道民)의 인식과 그녀의 반응을 통해서 옹녀의 비생산적이고 소비적인 성향은 쉽게 확인된다.

二三年씩 걸러 가며 喪夫를 할지라도 所聞이 凶惡할 터인데 한 해에 하나씩 前例로 處置하되, 이것은 남이 아는 기둥書房, 그남은 間夫, 愛夫, 거드모리, 새호루기, 입 한 번 맞춘 놈, 젖 한 번 쥔 놈, 눈흘레한 놈, 손 만져 본 놈, 甚至於 치마귀에 상척자락 얼른 한 놈까지 대고 결단을 내는데, 한 달에 뭇을 넘겨, 一年에 동 반 한 동 일곱 뭇, 閏朔 든 해면 두 동 뭇수 대고 설그질 제, 어떻게 쓸었던지 三十 里 안팎에 상투 올린 사나이는 姑捨하고 열 다섯 넘은 總角도 없어 계집이 밭을 갈고, 處女가 집을 이니 黃·平 兩道 公論하되, 「이 년을 두었다는 우리 두 道內에 좆 단 놈 다시 없고, 女人國이 될 터이니 쫓을 밖에 수가 없다.」

兩道가 合勢하여 毁家하여 쫓아내니, 이 년이 하릴없어 쫓기어 나올 적에, 파랑 봇짐 옆에 끼고, 冬柏기름 많이 발라 낭자를 곱게 하고, 珊瑚 비녀 찔렀으며, 出遊 장옷 엇메고, 행똥행똥 나오면서 혼자 악을 쓰는 구나.

「어허 人心 凶惡하다. 黃·平 兩西 아니며는 살 데가 없겠느냐. 三南 좆은 더 좋다더고.」 (변강쇠가, 533~535면)

옹녀는 이삼 년씩 걸러 가며 상부를 할지라도 소문(所聞)이 흉악(凶惡)할 터인데, 한 해에 하나씩 전례(前例)로 처치(處置)하되, 이것은 남들이 다 아는 기둥서방, 그밖에 간부(間夫), 애부(愛夫)에서부터 거드모리, 새호리기, 입 한 번 맞춘 놈, 젖 한 번 쥔 놈, 눈요기 한 놈, 손 만져 본 놈, 심지어 치마귀에 상척자락 얼른 한 놈까지 대고 결단을 내는데, 한 달에 한 묶음 뭇을 넘겨,

일년에 열 뭇이 훌쩍 넘는 한 동 일곱 뭇, 윤삭(閏朔) 든 해면 두 동 뭇 수를 대고 설그질 제, 어떻게 쓸었던지 삼십 리(里) 안팎에 상투 올린 사나이는 고사하고 열다섯 넘은 총각(總角)도 없는 지경에 이르게 한다. 참으로 엄청난 소비력(消費力)이다.

참다 못한 황해도와 평안도 두 도민들이 모여서 의논을 하니, '이 년을 두었다가는 우리 두 도내(道內)에 좆 단 놈 다시없고 여인국(女人國)이 될 터이니 쫓을 수밖에 없다'고 결론을 내린다. 마침내 도민이 합세해 훼가(毁家)하여 옹녀를 쫓아낸다.

다시 말해서 훼가출송(毁家黜送)이라 하여, 마을의 질서를 어지럽힌 자(者)의 집을 헐고 내쫓는 당시 풍속(風俗)에 의한 것이다. 사뭇 모질다고 할 수 있다. 그러나 도민들의 목소리에 다시금 귀기울이면 이해가 가능하다. 도민들의 걱정은 다름이 아니라, 옹녀로 인해 양도가 여인국이 될지도 모른다는 우려이다. 여인국이 된다함은 음양의 조화를 중시하던 당시 민(民)의 지배적인 정서에서 보자면 위험하고도 두려운 일이다. 따라서 추호의 동정 없이 옹녀를 내칠 수 있는 것이다.

이에 대한 옹녀의 반응이 또한 가관이다. '어허 인심(人心) 흉악(凶惡)하다. 황(黃)·평(平) 양도(兩道) 아니면 살 데가 없겠느냐. 삼남(三南) 좆은 더 좋다더라.' 옹녀는 도민의 인심이 흉악하다고 탓한다. 그럴 수 있겠다. 그러나 충청·전라·경상의 '좆'은 더 좋다면서 길을 훌훌 나서는 모습이라니. 도민입장에서 보면 측은한 마음을 갖기 어렵다. 옹녀의 모습은 살길을 찾아 떠나는 가련한 형상이라기보다는 성에 굶주린 색마(色魔)처럼 여겨진다.

이처럼 옹녀는 애초부터 민의 따뜻한 시선 밖에 놓여진 인물로서 작품에 입전(入傳)된 것은 아닐는지. 작품 속에서 옹녀는 불모(不毛)의 성을 상징하는 듯하다.[87] 그녀의 이름이 기름지고 풍요로운 옥녀(沃女·玉女)일 수 없고, 막히고 생장(生長)을 다한 옹이와 같은 여인 옹녀(雍女)일 수밖에 없는 이유는 분명한 것이다. 따라서 『변강쇠가』의 향유자(享有者)들은 기의(記意)를 곡진하게 담고 있는 기표(記表)를 골라서 인물을 명명(命名)한 것으로 보인다. 이러한 정서는 판소리사(史)에서 익숙한 것이다. 인생의 봄 향기를 만끽하게 될 춘향(春香), 부자가 되어 호의호식(好衣好食)하게 될 흥보(興甫·興夫), 물에 빠져서 아버지의 눈을 밝힐 심청(沈淸·沈晴) 등의 예에서 확인된다. 바야흐로 예술사적 정황과 시대 정서를 고려한 작품의 이해가 필요하다.

이상에서 살펴본 것처럼 판소리 『변강쇠가』의 옹녀(雍女)와 <기물타령(음)>은 불모(不毛)의 성(性)을 의미한다. 이처럼 비생산적(非生産的)이고 호색적(好色的)인 의미의 성은 조선후기 판

---

87) 불모적인 옹녀의 성에 대한 자세한 논의는 서유석에 의하여 이루어진 바 있다. 서유석, 「『변강쇠가』에 나타난 奇怪性의 具現樣相과 意味」, 경희대 석사학위논문, 2003 참고.

소리뿐만 아니라, 사설시조와 춘화 등에서도 적잖이 확인된다.

따라서 성묘사의 전통에 있어서, 조선후기에는 다산(多産)과 풍요(豊饒)의 한 축(軸)과 더불어 호색(好色)과 퇴폐(頹廢)의 한 축이 공존(共存)한 사실을 알 수 있다. 비로소 다산과 풍요의 측면만을 언급하고 있는 통설의 한계를 확인할 수 있다.

여기서 필자는 또 하나의 의문과 맞닥뜨리게 된다. 소비적(消費的)인 의미의 성묘사, 호색과 퇴폐의 경향이 조선후기 시정예술만의 유별난 현상인가. 단언할 수 없다. 정도의 차이는 있을지언정 빛과 그림자처럼 한 쌍을 이루었던 것이 아닐는지. 바야흐로 그 질량과 의미를 따질 때이지 싶다.

2. 안민영 시조에 나타난 성적 어휘와 성풍속

19세기 한평생을 화류장(花柳場)에서 살다간 시조시인 안민영(安玟英, 1816~1885 이후?)은 『금옥총부(金玉叢部)』를 지어 전한다.[88] 이는 보기 드문 개인 창작가집(創作歌集)이라는 측면에

---

88) 화류장이라 함은 필자가 만들어낸 용어가 아니라 안민영 자신이 직접 사용했던 말이다. 안민영은 두터운 정(情)으로 사귀었던 안경지(安敬之)를 추모(追慕)하며, '화류장에서 서로 따른 지가 오십여 년이다.(相隨於花柳場 爲五十餘年. 『금옥총부』 작품번호 <120> 부기)'

서 흥미롭기도 하지만 당시 유흥공간(遊興空間)의 면면을 그려내는 풍속자료로서 주목할 만하다.

『금옥총부』에 수록된 작품은 180여 수(首)에 이른다. 이 가운데 시인 자신과 기생(妓生)들 사이의 체험적 연정(戀情)을 바탕으로 한 작품이 무려 60여 수에 이르고 있다.[89] 이는 수치상으로 보았을 때, 세 작품 가운데 하나는 기생에 대한 사연을 다루고 있는 것이다. 이처럼 『금옥총부』는 일정 기생의 삶을 담지하고 있는 것으로 여겨진다.

또한 상당수 작품에서 성관련 일화를 보여주고 있어 흥미롭다. 더욱이 성관련 일화를 담고 있는 일련의 작품 속에서 특정한 어휘(語彙)들이 확인되고 있어 주목된다. 이러한 어휘들이 갖는 의미는 무엇인가. 당시 성관련 풍속에서 폭넓게 살펴보아야 할 듯하다.

따라서 이 글에서는 『금옥총부』 소재(所在) 일련의 작품 속에 나타나 있는 특정 어휘들의 의미를 밝혀보고자 한다. 이 작업은 조선후기 기방풍속 및 성풍속의 일면을 재구하는 작업이 될 것으로 기대된다.

라고 회고(回顧)한다. 여기서 화류장은 창녀(娼女)나 기생들의 사회를 일컫는 화류계(花柳界)라는 말에서 그 의미를 새길 수 있을 듯하다. 화류장은 기생들이 즐비하게 제공되던 향락의 한마당, 유흥공간을 뜻하는 말이다.

89) 이형대, 「안민영의 시조와 낭만적 상상력」, 『우리어문연구』 18, 우리어문학회, 2002, 44면.

1) 채연(採蓮), 기녀와 정을 통하다

기생 관련 시조에 주목하여 살피다 보면 일련의 작품이 두드
러지게 눈에 들어온다. 우선 다음의 작품을 감상하여 보자. 자세
히 들여다보면 흥미로운 사실을 확인할 수 있다.

> 南浦月 깁흔 밤에
> 돗딕 치는 져 沙工아
> 뭇노라 너 튼 빅야 桂棹錦帆 蘭舟ㅣ로다
> 우리는
> 採蓮 가는 길이니 무러 무슴 허리요   <금옥 30>[90]

이 작품은 그 부기(附記)를 통해 알 수 있는 것처럼 진양기(晉
陽妓) 난주(蘭舟)에 대한 시조이다.[91] 남포(南浦)에 달 깊은 밤,
화자는 돛대 치는 사공(沙工)을 불러 묻는다. '너 탄 배야 계탁

---

90) 안민영 원저, 『역주 금옥총부 주옹만영』, 김신중 역주, 박이정, 2003,
  81면. 이하『금옥총부』(서울대 가람문고본) 소재 작품과 부기에 대한
  독해는 김신중 역주본(譯註本)에 도움 받고 있음을 밝힌다. 다만 부
  기를 풀어서 기술할 경우, 역주본에 전적으로 따르기보다는 필자의
  이해와 호흡에 맞춰 문장을 다듬고 손질하게 될 것이다. 따라서 행
  여나 문제가 있다면 필자의 책임일 것이다. 한편 이하 작품을 인용
  할 때는 편의상 작품번호만 기입하도록 하겠다.
91) 題晋陽妓蘭舟.

금범(桂櫂錦帆) 난주(蘭舟)로구나?' 이에 사공은 '우리는 채연(採蓮) 가는 길이니 물어 무엇 하리오'라고 대답한다.

뜬금없이 한 밤에 웬 채연이란 말인가? 채연은 단순히 '연 따기'라는 표지(標識) 이상의 기의(記意)를 함의(含意)하는 것으로 보인다. 이에 대해 선행 연구 가운데 성적 담론으로 읽어내는 사례가 있어 흥미롭다.

조규익의 논의에 따르면 남포는 경남 곤양군에 있는 포구(浦口)를, 사공은 안민영 자신을, 배는 바다를 오가는 배[舟]인 동시에 사람의 배[腹]를, 채연 가는 길은 성행위를 각각 나타내는 것이라고 한다. 따라서 이 작품은 안민영이 진양기 난주와 만나 사랑을 나누며 부른 노래임에 틀림없다는 주장이다.92) 그럴 듯한 해석이다.

여기서 한 가지 의문이 불거진다. 앞서 논자는 채연, 연 따기를 성행위로 보았는데 일정 수긍할 만하다. 다만 연을 따다는 어휘가 어떻게 성행위를 갖는다는 의미로 전이(轉移)될 수 있는지 시인의 정신세계가 궁금할 따름이다. 채연을 시인의 탁월한 표현 정도로 다루기에는 좀 섣부르다는 생각을 지울 수가 없다. 더 두고 볼 일이다. 다행히 안민영의 시조 가운데 연꽃과 기생에 관련된 몇 편의 작품이 더 있어 살펴보고자 한다.

---

92) 조규익, 「안민영론」, 『국어국문학』 109, 국어국문학회, 1993, 72면.

秋波에 셧는 蓮꼿
夕陽을 씌여 잇셔
微風이 건듯 허면 香氣 놋는 네로고나
늬 엇지
너를 보고야 아니 썻고 엇지허리   <금옥 43>

이 작품은 성적 욕구에 대한 감각적 토로라는 평이 있어 따져
볼만하다.93) 가을 잔물결에 서있는 연꽃 석양(夕陽)을 띠어 있어.
미풍(微風)이 건듯 하면 향기 나는 네로구나. 내 엇지 너를 보고
야 아니 꺾고 엇지 하리. 이 시에서는 연을 딴다는 의미보다 연
꽃(蓮꼿)을 꺾는다는 시어가 확인된다. 이 또한 성적 욕구의 표
현, 성관계를 말하는 것임에 분명하다.

이 작품의 부기를 살펴보면, 안민영은 온정(溫井)에서 돌아오
는 길에 동래부(東萊府)에 들러 기생 청옥(靑玉)의 집에 묵게 된
다. 청옥은 동래에서 이름난 기생으로 자색(姿色)이 곱고 가무
(歌舞)에 뛰어나, 서울의 여느 여인들과 견줄지라도 뒤지지 않을
것이라고 시인은 자랑한다.94)

따라서 연꽃을 꺾는다는 말은 기생 청옥을 육체적으로 취한다

---

93) 고미숙, 『18세기에서 20세기 초 한국 시가사의 구도』, 소명, 1999,
209면.

94) 余自溫井皈到萊府 妓靑玉家爲主 而靑玉則萊府名姬也 姿色之艶姸
歌舞之精熟 雖使洛中名姬相對 固不肯讓.

는 의미로 받아드릴 수 있겠다. 이는 19세기 초에 지어지고, 18~19세기 서울의 세태 풍속을 그려낸 애정소설, '꽃을 꺾은 기이한 이야기'라는 『절화기담(折花奇談)』의 정서에 맞닿아 있다.[95]

다시 말해서 연꽃을 꺾는다는 말은 시인의 독창적인 시어라기보다는 여성을 성적으로 취한다는 뜻의 시쳇말, 꽃을 꺾다(折花)에서 비롯된 용어이다. 이처럼 안민영의 정신세계라는 것이 별스럽고 뜬금없는 것이 아니라 일정 세태 풍속에 뿌리를 두고 있는 것이다. 그렇다면 왜 굳이 연꽃에 비유를 했을까? 그냥 꽃을 꺾는다고 할 것이지. 연을 딴다거나 연꽃을 꺾는다는 비유 역시 안민영의 생활 주변, 세태 풍속을 면밀히 따져보면 이해가 가능하다. 선행 연구에서도 익히 지적하고 있는 바와 같이, 본디 해어화(解語花)·노류장화(路柳墻花)라 하여 꽃은 기녀의 관습적 상징이다.[96] 그렇다면 안민영은 어찌 고집스럽게 기녀를 특정한 꽃인 연꽃에 비유하고 있는 것일까. 이유는 분명 있게 마련이다. 여기서 다음 한 편의 시는 그 해결의 실마리를 제공한다.

汚泥예 天然혼 꽃치
蓮꼿 밧긔 뉘 잇는(느)냐

---

95) 김경미·조혜란, 『19세기 서울의 사랑 / 절화기담, 포의교집』, 여이연, 2003 참고.

96) 이형대, 앞의 글, 46면.

　　　遐陬예 네 날 즐을 나는 일즉 몰낫노라
　　　至今의
　　　써나는 情이야 엇지 그지 잇스리　　　　　＜금옥 60＞

　이 시 또한 연꽃이 등장하고 그 부기 역시 기생에 관련된 사
실을 전하는 안민영의 작품이다. 우선 시를 다시금 새겨보면, 진
흙 속(汚泥)에 천연(天然)한 꽃이 연꽃 밖에 뉘 있느냐. 외딴 시
골(遐陬)에 네 날 줄은 나는 일찍이 몰랐노라. 지금의 떠나는 정
이야 엇지 그지 있으리.

　한편 그 부기를 살펴보면, 안민영은 통영(統營)에서 거제(巨濟)
로 들어와 산천을 유람하다가, 가향(可香)이라는 기생을 만나게
된다. 가향의 나이는 열여섯 어름으로 춤과 노래 실력은 신통치
않았으나 그 용모와 말과 행동거지는 세상에 비길 데 없이 빼어
났다. 어찌 이러한 땅에 이 같은 미인이 있으리라 짐작했겠는가.
안민영은 그녀를 내버려두지 못하고 십여 일을 함께 하다가 헤
어진다. 옛 사람이 이른바 꽃이 향기가 있으면 나비가 저절로 날
아든다는 말이 참으로 거짓이 아니었다.[97]

　이처럼 다소 상투적이기는 하지만 꽃에 여인이 비유되고 나비

---

97) 余自統營入巨濟　遊覽山川　有妓可香者　年可二八　而雖無歌舞　丰容
　　秀色　言語動止　眞一世絶艶也　豈料此地有此等美姬耶　余不忍捨　留
　　十餘日而別　古人所謂　花香蝶自來者　信不誣也.

에 사내가 비유되고 있다. 이야말로 보편적 정서에서 비롯된 감탄이다. 그렇다면 시에서 표현된 연꽃이란 비유는 어찌 이해해야 할지. 이것은 시를 다시금 꼼꼼히 짚어보면 쉽게 풀린다. 시인은 말한다. 진흙 속에서 지극히 자연스럽게 피는 꽃이라면 연꽃이 아니고 무엇이겠는가. 연꽃은 더러운 물속에서, 검은 뻘에서 그 천연한 꽃을 피우듯이, 웃음을 팔고 몸을 파는 화류계의 기녀를 상징할 만한 것이다.

더욱이 채연은 남녀간 상사의 정을 노래한 악부 <채연곡(採蓮曲)>을 뜻하는 말이기도 하며, 채련(採憐)·채연(採戀)을 연상시키는 뜻으로 곧잘 쓰였다고 한다.98) 또한 신윤복의 풍속화 <청금상련(聽琴賞蓮)>과 <연당의 여인(蓮塘女人)>을 살펴보면, 기생과 연꽃이 한 화면(畵面)에 그려지고 있어 흥미롭다. 한마디로 기생과 연꽃의 상관성을 보여주는 듯하다.99) 흔히 연꽃을 불교의 꽃으로만 생각하는데, 적어도 유흥공간에서 만큼은 달랐지 싶다. 유흥공간에서 연꽃은 기녀를 상징하는 기녀의 꽃이라고 할 수

---

98) 김신중 역주, 앞의 책, 81면 각주 171) 참고.

99) <청금상련>, 간송미술관 소장 ; 최완수 외 편저, 『간송미술』 59, 한국민족미술연구소, 2000, 66면(도판).
<연당의 여인>, 국립중앙박물관 소장 ; 이태호, 『풍속화(둘)』, 대원사, 1996, 75면(도판).
이문성, 「風俗畵에 나타난 朝鮮後期 社會와 蕙園의 삶」, 『한국학연구』 14, 고려대 한국학연구소, 2001.

있다. 바야흐로 채연이 지닌 보편적 정서는 의심의 여지가 없는
것이다.

〈청금상련(聽琴賞蓮)〉
종이 채색 35.6×28.2cm

〈연당의 여인〉
비단 채색 29.6×24.8cm

이처럼 조선후기 유흥문화 및 시정의 정서에서 보자면, 기생
을 연꽃에 비유하고 기생과의 성관계를 채연이라 빗대어 말함은
지극히 자연스러운 표현이다. 한마디로 안민영의 시적인 표현,
채연은 시인의 독창적인 시어(詩語)라기보다는 시정세태 풍속에
뿌리를 두고 있는 시쳇말에서 기인한 것으로 여겨진다.

2) 선착편(先着鞭), 남보다 앞서 정을 취하다

선착편(先着鞭)의 사전적인 의미는 '남보다 먼저 채찍을 잡는다. 선점(先占)한다'라고 새길 수 있다. 이 어휘는 안민영의 또 다른 작품들의 부기에서 확인된다. 이것은 일련의 기생을 사이에 두고, 시인 자신과 제 삼의 인물이 벌이는 기생 선취경쟁(先取競爭)의 정황 속에서 확인되는 어휘이다.

> 쏫 갓튼 얼골이요
> 달 갓튼 틱도로다
> 精神은 秋水여늘 性精은 春風이라
> 두어라
> 月態花容은 너을 본가 ᄒ노라   <금옥 75>

이 시야말로 난해한 구절 하나 없이 쉽게 읽힌다. 꽃 같은 얼굴이요 달 같은 태도로다. 정신(精神)은 추수(秋水) 같거늘 성정(性情)은 춘풍(春風)이라. 두어라 월태화용(月態花容)은 너를 본가 하노라.

한편 그 부기에 이르기를, 함양 기녀 연화(蓮花)는 꽃다운 얼굴과 달 같은 자태로 영남에서 소문이 자자하다. 안민영은 남원(南原)에서 운봉(雲峰) 관아로 가서는 그녀를 만나는데, 운봉 현

감의 선착편(先着鞭)이 가증스러웠노라고 한탄한다.[100] 여기서
선착편이란 용어가 확인된다.

  두말할 여지없이 선착편은 운봉 현감이 기녀 연화를 선점하고
있는 사실을 뜻하는 말로 이해된다. 안민영은 선착편을 쥐지 못
해 못내 아쉬웠던 모양이다. 운봉 현감이 괘씸하고 밉살스러웠던
것이다. 이처럼 선착편에 안달하는 모습은 예나 지금이나 다를
바 없겠으나, 일단 이 시대 전반에 걸친 유흥 풍속에서 비롯한
것으로 여겨진다.

  선착편, 사내들이 벌이는 기생 선취경쟁을 다룬 서사물(敍事
物)은 조선시대 두루 쉽게 찾아볼 수 있다.[101] 다음의 자료는 그
한 예이다.

  동갑·동향·동학의 판사 이익보(李益輔)와 모재(某宰)는 벼
슬하여 매사에 우열을 가리지 못하였다. 두 사람이 남원의 모
기생을 먼저 차지하기로 내기를 하였다. 얼마 후 모가 호남
좌도의 경시관으로 제수되었다. 이익보가 졌다고 분하게 생각
하고 있는데 임금이 불러 호남 암행어사로 보냈다. 이익보가
남원에 출두하여 그 기생을 데려 오라 하였다. 이익보가 기생
과 즐긴 후 모에게로 가서 승리를 과시하고 잔치를 베풀었다.

---

100) 咸陽妓蓮花 花容月態 聲動嶺南矣 余在南原 往雲峰衙中相見 而可
    憎雲倅先着鞭.
101) 조광국,『기녀담 기녀등장소설 연구』, 월인, 2000, 참고.

임금이 두 사람이 내기를 한다는 말을 듣고 둘을 호남으로
내려 보낸 것이었다. 이 일이 풍류 희극에 가까우나 그 기상
은 호방하다.102)

이 자료는 여러모로 경쟁관계에 있는 두 사내가 남원의 한 기
생을 놓고 벌이는 선취경쟁을 다루고 있다. 결과야 어찌되었던지
간에 이러한 기생 선취경쟁은 당시 유흥 풍속의 일면이지 싶다.
여기서 한층 흥미로운 자료를 하나 더 훑어보고 안민영의 작품
으로 돌아가 보자.

어떤 고을 원이 처음 부임하던 날 그 고을 기생을 보니 미
인이 많아 기뻐하였다. 원은 외아들이 애당초 기생에게 마음
을 두지 못하게 하려고 ① 기생 명부에 적힌 대로 기생을 불
러 입맞춤을 하고 가슴과 아래를 애무하였다. 이 광경을 보던
② 아들은 가장 아름다운 기녀를 골라 먼저 입을 맞추고 또
가슴과 아래를 애무한 후에 그녀더러 그 실상을 원에게 고하
도록 하였다. 점고 차례가 된 기생으로부터 실상을 들은 원은
놀라면서 아들의 행위가 괘씸하지만 그 기생이 좋으니 염려할
바가 없다고 하고서 기생점고를 끝내고 말았다. 아들은 과연
나중에 과거에 올라 지위가 높고 이름이 알려지게 되었다.103)

---

102) <御使命李尙書爭春>, 『청구야담』 권8(규장각본), <名士好勝占花
魁>, 『동야휘집』(가람본) ; 조광국, 『기녀담 기녀등장소설 연구』, 월
인, 2000, 113면.

새로 부임한 고을 사또와 그의 아들 사이에서 벌어지는 기생 선취경쟁이다. 사또는 애당초 아들이 기생들에게 마음을 두지 못하도록 몸소 미리 손을 쓴다. 일단 기생 명부(名簿)에 적힌 기생들을 하나둘씩 불러다 놓고 민망한 짓거리를 일삼는다. 사또는 기생의 입을 맞추고 가슴과 아래를 애무한다(①) 이에 뒤질세라 아들은 고을에서 가장 아름다운 기녀를 골라 선취하고 만다. 아들은 미인의 입과 가슴과 아래를 애무한다(②) 아들은 아름다운 기녀와 성관계를 갖는다. 허나 사또는 그 사실을 알고도 더 이상 문제 삼지 않는다. 사또는 그 기생이 맘에 든 것이다.

실로 어처구니없는 이야기이다. 부자지간에 기생의 몸을 두고 선취경쟁이라니. 이 같은 기생 쟁탈과 점유의 일화는 단지 우스개일 뿐이라고 웃어넘길 수도 있다. 허나 이런 일화는 정도의 차이가 있을 뿐, 문예물 못지않게 사실적인 기록물(記錄物)에서도 쉽게 확인된다.104)

따라서 기생 선취경쟁, 세태 풍속의 정황 속에서 선착편이란 용어가 사용되었던 것은 아닐는지. 다시금 안민영의 작품으로 돌아가서 생각해볼 일이다.

---

103) <衙子先編>, 『교수잡사』(『고금소총』, 민속원, 1958, 711~712면) ; 조광국, 『기녀담 기녀등장소설 연구』, 월인, 2000, 112~113면.

104) 강명관, 『조선의 뒷골목 풍경』, 푸른역사, 2003, 205~214면 참고.

가마귀 쇽 흰 쥴 모르고
것치 검다 뮈무여하며
갈멱이 것 희다 ᄉᆞ랑허고 쇽 검운 쥴 몰낫더니
이졔야
表裏黑白을 ᄭᆡ쳐슨져 허노라 <금옥 157>

한평생 질탕(跌宕)하게 즐겼던 안민영이 선착편을 놓쳐서 울상만 지었겠는가. 때로는 다음과 같은 쾌재도 불렀던 것이다. 우선 시부터 되새겨 보면, 까마귀 속 흰줄 모르고 겉이 검다 몹시도 미워하며. 갈매기 겉 희다 사랑하고 속 검은 줄 몰랐더니. 이제야 표리흑백(表裏黑白)을 깨쳤는가 하노라. 시만 가지고는 다소 이해가 부족할지 싶다. 그 부기를 마저 살펴볼 일이다.

부기에 따르면, 안민영이 고향에 있을 때 이천(利川) 오위장 이기풍(李基豊)이 퉁소(洞簫) <신방곡(神方曲)>의 명창 김군식(金君植)을 통해 소리기생을 보내주었다. 이름은 금향선(錦香仙)이라 한다. 생김새는 추해서 상대하고 싶지 않았으나 당대 풍류랑(風流郎)이 골라 보냈으니 괄시하기도 어려운 일이다. 이에 친구들을 청해서 산사(山寺)에 함께 올랐는데, 모두들 그녀를 보고서는 얼굴을 가리고 웃는다. 이미 춤을 선보이는지라 중지시키기 곤란한 일이다. 이어 그녀에게 시조(時調)를 청하니, 용모를 가다듬고 단정히 앉아 <창오산붕상수절지구(蒼梧山崩湘水絶之句)>를 부른다. 그 소리가 어찌나 애절하고 처절하던지 구름도 쉬어가고

먼지마저 나부낌을 깨닫지 못한다. 자리의 모인 이들이 모두 눈물을 흘리며 듣는다. 그녀는 시조 3장을 마치고 이어 <우계면(羽界面)> 한 편을 노래한다. 또한 잡가(雜歌)를 부르는데 모·송(牟·宋) 등의 명창 조격(調格)에 이른 것으로서 절세명인(絶世名人)이라할 만하다. 좌상(座上)에서 눈을 씻고 다시 살펴보니, 추한 외모는 간데없고 어여쁜 얼굴이다. 오희월녀(吳姬越女)라도 이보다 나을 게 없을 것이다. 자리에 있던 젊은 것들은 그녀에게 관심을 보이고 정(情)을 드러낸다. 안민영 또한 춘정(春情)을 금치 못하고 선착편을 하게 된다. 무릇 외모로 사람을 취할 것이 아님을 비로소 깨닫노라.105) 쾌재를 부른다.

이처럼 선착편은 '남성이 여성을 육체적으로 선취하다. 성관계를 가지다'라는 말로 이해할 수 있겠다. 이미 알고 있는 바와 같이, 선착편은 시 안에 담겨진 시어가 아니라 시 밖의 부기에서 쓰이고 있는 용어이다. 따라서 이것은 세태 풍속에서 비롯된 지

---

105) 余在鄕廬時　利川李五衛將基豊　使洞簫神方曲名唱金君植　領送一歌娥矣　問其名則曰錦香仙也　外樣醜惡　不欲相對　然以當世風流郎指送　有難恝　然卽請某某諸友　登山寺　而諸人見厥娥　皆掩面而笑　然旣張之舞　難以中止　第使厥娥請時調　厥娥斂容端坐　唱蒼梧山崩湘水絶之句　其聲哀怨悽切　不覺渴雲飛塵　滿座無不落淚矣　唱時調三章後　續唱羽界面一編　又唱雜歌牟宋等名唱調格　莫不透妙　眞可謂絶世名人也　座上洗眼更見　則俄者醜要　今忽丰容　雖吳姬越女　莫過於此矣　席上少年　皆注目送情　而余亦難禁春情　仍爲先着鞭　大抵不以外貌取人　於是乎始覺云耳.

극히 통상적인 어휘라고 할 만하다.

이상과 같이 『금옥총부』의 시 작품 속에 '채연(採蓮)'과 부기 속에 '선착편(先着鞭)'을 대상으로 그 의미를 살펴보았다. 채연은 시인 안민영의 독창적인 시어라기보다는 시정세태, 풍속에 뿌리를 두고 있는 시쳇말에서 기인한 어휘로 여겨진다. 또한 선착편은 '남성이 여성을 육체적으로 선취하다. 성관계를 가지다'라는 용어로서, 이 역시 세태 풍속에서 비롯된 지극히 통상적인 어휘이다.

이처럼 『금옥총부』를 통해서 조선후기 풍속의 일면을 살펴볼 수 있었다. 19세기 한평생을 유흥공간, 화류장에서 살다간 안민영의 가집, 『금옥총부』는 일정 세태 풍속을 담지하고 있는 풍속 자료로서 가치가 인정된다.

3. 사설시조에 나타난 성적 어희와 성풍속

사설시조(辭說時調)는 조선후기 시정(市井)의 왁자지껄한 세태 풍속을 반영한 대표적인 시가(詩歌)이다. 사설시조는 시조의 초장, 중장, 종장의 3장 형식을 따르면서 중장과 종장 특히, 중장이 상대적으로 긴 사설을 보유하고 있다. 이것은 단순히 사설의 양적인 차이뿐만 아니라, 질적 차이를 의미한다.

사설시조는 당대 민의 진솔한 삶과 애환을 유머와 재치, 풍자와 해학으로 풀어낸다. 시조의 고아한 언어보다는 상대적으로 사설시조는 투박한 일상어, 거친 비속어가 질펀하게 사용되고 있어 눈길을 끈다. 더욱이 성적 어희(語戲)와 성묘사에 있어서 흥미로운 기사들을 담지하고 있다. 이것이 당대 민의 성적 관념과 성풍속의 편린은 아닌지 호기심을 불러일으킨다.

1) 사설시조의 성적 어희

사설시조의 면모는 18세기 중인 가객(歌客)인 김천택이 편찬한 『청구영언』(1728년)에서부터 19세기 말까지 편찬된 여러 가집(歌集)에서 확인할 수 있다. 우선 살펴볼 작품은 가장 오래된 가집으로 전해지는 『청구영언』(진본)에 수록된 사설시조이다.[106] 원작(原作)을 음미해 보자.

> 이바 편메곡들아 듬보기 가거늘 본다
> 듬보기 셩내여 土卵눈 부릅드고 쌔자반 나롯 거스리고 甘
> 苔 신 사마 신고 다스마 긴 거리로 가거늘 보고 오롸
> 가기ᄂᆞᆫ 가더라마ᄂᆞᆫ 藁古혼 얼굴에 셩이 업시 가드라
> (珍本 靑丘永言 531)

---

106) 김용찬, 『18세기의 시조문학과 예술사적 위상』, 월인, 1999, 40~41면.

사실 이 작품을 처음 접하고 도무지 무슨 뜻인지 헤아릴 수 없었다. 그래서 선배 연구자에게 도움을 청하고 선행 연구물을 알음알음으로 찾아보았다. 그리고 이 작품을 이해하는 데 큰 도움을 구할 수 있었다. 그러나 결과적으로 작지 않은 이견(異見)을 가질 수밖에 없었다.

일단 이 작품을 이해하고 재해석의 여지를 마련하는 데 결정적인 기여를 한 선행 연구자의 작업에 시선을 모아보자.

> 이봐 납작미역들아 뜸부기 가거늘 보았느냐
> 뜸부기 성내어 토란눈 부릅뜨고 깨보숭이 수염 거스리고
> 김을 신 삼아 신고 다시마 긴 거리로 가거늘 보고 오너라
> 가기는 가더라마는 침침한 얼굴에 성이 없이 가더라.[107]

위의 작업 외에는 해당 작품을 의미 있게 다룬 성과를 확인할 수 없다. 이 작품은 논문 형식의 본격적인 작업에서 제대로 다루어지지 않았던 것으로 보인다. 따라서 해당 작품의 해석은 자구의 사전적 의미를 따지는 단계에서 아쉽게도 멈춰있다고 할 만하다. 여기서 어떻게 전체적인 맥락을 짚어낼 수는 없을까? 이에 필자는 이 작품의 진의(眞意)를 꼼꼼히 살펴보고자 한다. 고사(枯死)

---

107) 김흥규 (역주), 『사설시조』(한국고전문학전집 2), 고려대 민족문화연구소, 1993, 439면.

될 위기에 놓인 작품에 생기(生氣)를 불어넣고자 한다. 다소 번거로울 수도 있겠으나, 각 장별로 차근차근 따져보도록 하자.

이바 편메곡들아 듬보기 가거늘 본다 (初章)

초장을 이해하는 데 앞서 살펴본 현대역 작업은 큰 도움을 준다. '이봐 납작미역들아 뜸부기 가거늘 보았느냐', 화자(話者)는 다소 거칠 것 없는 어조(語調)로 묻고 있다. 그러나 어휘의 사전적 의미에만 집착하다보면 결국 작품의 전체적인 맥락을 잃고 미궁 속에 사로잡히고 만다.

여기서 상상력(想像力)과 연상능력(聯想能力)이 절실히 요구된다. 초장의 '편메곡'(납작미역)은 여성의 성기(性器)를 비유하는 것으로 볼 수 있다. 미역 본래의 미끌미끌한 성질과 납작하게 펼쳐 놓은 모습은 여성 신체의 특정 부위(部位)를 연상시킬 수 있는 것이다. 여성의 성기를 연상시키는 사물에 빗대어 여성을 호칭(呼稱)하고 있다. 또한 '〜들아'라는 복수형으로 부르고 있는 것으로 보아, 이는 불특정 다수의 여성을 상대로 외치는 소리로 여겨진다.

화자는 이어서 뜸부기 가거늘 보았느냐고 묻고 있다. 뜸부기는 무엇일까? 이 가지 저 가지를 폴짝폴짝 옮겨 다니는 뜸부기의 잰 몸가짐은 성관계를 가질 때, 남성의 특정 신체 부위의 활발한

움직임을 연상시킬 수 있다. 뜸부기의 의미는 이하 중장을 통해 보다 분명하게 확인할 수 있다.

> 듬보기 셩내여 土卵눈 부릅드고 쌔자반 나롯 거스리고 甘
> 苔 신 사마 신고 다스마 긴 거리로 가거늘 보고 오롸 (中章)

현대역을 염두에 두고, 분석의 편의를 위해 기호를 매겨 차근차근 살펴보고자 한다. 중장은 '① 뜸부기 성내어 토란 눈 부릅뜨고 ② 깨보숭이 수염 거스리고 ③ 김을 신 삼아 신고 ④ 다시마 긴 거리로 가거늘 보고 오너라'[108]의 네 부분으로 이해할 수 있다. 어찌되었거나 알쏭달쏭한 의아함뿐이다.

일단 앞서 언급한 것처럼 뜸부기를 남성의 성기로 보고 이해하면 거칠 것이 없다. '① 뜸부기(性器) 성내어 토란눈(龜頭) 부릅뜨고[발기] ② 깨보숭이 수염(남성의 음모, 거웃) 거스리고 ③ 김을 신 삼아 신고(남성 성기의 표피) ④ 다시마 긴 거리로(여성의 음문 속으로) 가거늘 보고 오너라[성행위]'를 의미하는 것으로 볼 수 있다. 따라서 종장의 화답을 하는 여인의 한 마디가 귀에 쏙 들어오고 웃음을 자아낼 수 있는 것이다.

> 가기는 가더라마는 栗古흔 얼굴에 셩이 업시 가드라 (終章)

---

108) 김흥규 (역주), 앞의 책, 439면.

종장을 선행 작업에서는 '가기는 가더라마는 침침한 얼굴에 성이 없이 가더라'로 풀었는데, 좀 섬세하게 읽어내야 할 듯하다. 여기서 '표고(藁古)흔 얼굴'은 '무기력한 모습'으로 읽어야 하고, '셩이 업시'는 '성의(誠意) 없이, 맥없이'라는 의미로 읽어야 한다.

다시 말해서, 중장에서 자신의 성기와 성행위를 장하게 자랑하는 남성에게 여성은 사정없이 면박을 주고 있는 것이다. 자신이 보기에는 또는 경험하기에는 그 장하다고 자랑하는 물건은 실상, 무기력[藁古]하고 맥[誠意]없었다고 꼬집고 있는 것이다. 이러한 반전의 묘미는 이 작품의 특징이자, 구경거리라고 할 수 있다.

따라서 질펀한 육담(肉談)과 반전의 묘미를 갖춘 이 작품의 의미는 일정 헤아려졌다고 할 만하다. 그간 소홀히 다루어지고 무심하게 다루어진 작품들 역시 상상력과 연상능력을 갖고 접근한다면, 새롭고 흥미롭게 읽힐 것으로 기대한다. 이 작품에 연이어 동일 가집에 수록된 다음의 작품 또한 흥미롭게 읽힌다.

> 딕들에 동난지이 사오 져 쟝스야 네 황후 긔 무서시라 웨는다 사쟈
> 外骨 內肉 兩目이 上天 前行 後行 小아리 八足 大아리 二足 靑醬 ᄋ스슥 ᄒᄂ 동난지이 사오
> 쟝스야 하 거복이 웨지 말고 게젓이라 ᄒ렴은
> (珍本 靑丘永言 532)

이 작품은 사설시조 가운데 하나의 유형을 이루고 있는 '장사치-여인 문답형'의 대표적인 예이다.[109] 또한 이것은 시조 가집 가운데 가장 오래된 『청구영언』(진본)에 실려 있어, 동일 유형 가운데 가장 앞선 작품으로 다룰 수 있다. 우선 선행 작업의 도움을 받아 꼼꼼히 작품을 살펴보면 다음과 같다.

> 딕들에 동난지이 사오 져 쟝스야 네 황후 긔 무서시라 웨
> 는다 사쟈 (初章)

초장(初章)은 여러 연구자들의 한결같은 언급처럼, 방게젓(동난젓)을 팔고자 호객(呼客)하는 장사꾼과 상품(황후)에 대해 묻는 여인의 대화로 보인다. 문제는 다음에 소개할 중장(中章)에 대한 이해이다.

> 外骨 內肉 兩目이 上天 前行 後行 小아리 八足 大아리
> 二足 靑醬 ᄋ스슥 ᄒᄂᆫ 동난지이 사오 (中章)

언뜻 문면을 훑어 내려가다 보면, 그림 <노저횡행(蘆渚橫行)>처럼 영락없는 '게'의 형상을 묘사하고 있다는 사실에 의심의 여지가 없어 보인다.[110] 여기서 한 가지 의문이 든다. 이처럼 대단

---

109) 김흥규, 『욕망과 형식의 詩學』, 태학사, 1999, 239∼249면.

할 것도 없는 장사꾼의 상품에 대한 읊조림을 무슨 이유에서 노
래로 지어서 즐겼던 것일까? 또한 가집에 실었던 것일까? 선뜻
이해가 가지 않는다.

　또한 문면에서 게는 앞뒤로 움직이는, '전행 후행(前行 後行)'하
는 놈으로 표현되고 있어 의아스럽다. 그림의 제목처럼 '노저횡행'
하는, 갈대밭에서 옆 걸음
치는 게의 천성에서 보자
면 전행 후행은 어색하기
짝이 없다. 오히려 좌행
우행(左行 右行)이라고 해
야 할 법한 데, 이를 고집
한 데는 그만한 이유가 있
을 것으로 여겨진다. 일단
종장(終章)을 살펴보고 차
근차근 의문의 실타래를
풀어보도록 하자.

〈노저횡행(蘆渚橫行)〉 비단 수묵 20.3×21.8cm

　　장스야 하 거복이 웨지 말고 게젓이라 ᄒ렴은 (終章)

---

110) <노저횡행(蘆渚橫行)>, 윤용구(尹用求), 비단 수묵, 20.3×21.8cm, 간
　　 송미술관 소장 ; 최완수 외 (편), 『澗松文華』 64, 한국민족미술연구
　　 소, 2003, 51면(도판) 참고.

게젓에 대한 장사꾼의 구구절절(句句節節)한 입담은, 종장에서 보이는 여인의 한 마디에 무색(無色)하게 되고 만다. 이것만으로도 이 작품의 의미, 맛은 충분하다고 할 수 있을까? 이 정도로 즐길 만했을지 의심스럽다.

여기서 선행 연구자들의 통설에 반론을 펴고 있는 한 연구자의 탁견을 참고할 일이다. 이 작품을 '처지에 어울리지 않게 유식한 문구를 장황히 늘어놓는 장사치의 허위의식을 풍자'한 것으로 보았던 그간의 통설에 김흥규는 반론을 제기한다.

그의 논의에 따르면, 게젓 파는 장사가 자신의 유식함을 뽐내기 위해 '외골 내육(外骨 內肉) 양목(兩目)이 상천(上天)……' 운운하는 것은 매우 부자연스러운 일이라는 것이다. 따라서 무엇인가 다른 까닭이 있을 것으로 보고, 논자는 그 까닭을 종장의 핵심 어휘인 '게젓'에서 찾고 있다. '게젓'의 첫 음절 모음을 'ㅔ'에서 'ㅐ'로, 둘째 음절 모음을 'ㅓ'에서 'ㅗ'로 바꾸어 보면, 말놀음의 정체가 명료하게 드러난다는 것이다. 두 쌍의 모음은 음가가 매우 가까워서 쉽게 넘나들거나 오인(誤認)될 수 있다고 논자는 보고 있다. 이 작품은 '게젓'의 음상사(音相似)나 와음(訛音)에 의한 골계적 장난이며, '외골 내육(外骨 內肉) 양목(兩目)이 상천(上天)……'이라는 식의 장황한 떠벌임을 설정한 것은 긴장 및 희극적 반전을 노린 장치라고 주장한다.[111]

이상의 논의는 미시적인 부분에서 작품의 핵심 어휘와 장치를 찾고자 노력했다는 점에서 시사(示唆)하는 바가 크다. 그리고 작품을 이해하는 데 한층 도움을 주는 견해임에도 틀림없다. 특히 '게젓'을 '개좆'으로 유추한 점은 흥미로운 견해로 여겨진다.

그러나 '외골 내육(外骨 內肉) 양목(兩目)이 상천(上天)……'을 '장황한 떠벌임'으로, 번거로운 표현으로 이해한 부분은 재론의 여지가 있다. 이것은 일차적으로 남성의 성기를 묘사하고, 결국에는 남녀의 성행위를 상징하는 것으로 보아야 할 것이다. 이에 대한 자세한 논의는 이하 순차적으로 이루어질 것이다.

일단 이 작품의 몸통이라고 할 수 있는 중장으로 거슬러 올라가 살펴 볼 일이다. 중장이야말로 이 작품의 진정한 의미, 참맛을 볼 수 있는 부위이다. 중장은 단순한 상품의 거북스런 자랑이 아니라, 인체(人體)의 특정 부위를 묘사(描寫)하고 인간사(人間事)의 유쾌한 단면(斷面)을 상징하는 것으로 볼 수 있다.

이 부분을 해석하기 위해서 다소 민망하기는 하지만 인간의 내밀한 신체와 행위에 대한 상상력이 일차적으로 필요하다. '외골 내육(外骨 內肉)'은 때에 따라 단단하고, 경우에 따라 물렁물렁한 남성 성기의 외형(外形)과 그 속성(屬性)을 말하는 것이다. 내밀한 신체의 일부인 성기가 특정한 목적을 가지고 발기(勃起)되었을 때, 이것은 단단한 뼈에 비유될 수 있다. 또한 발기의 순

---

111) 김흥규, 앞의 책, 244~245면.

간이 지나고 본연의 신체 일부로 되돌아갔을 때, 흐물흐물한 고깃덩이에 비유될 만하다. 더불어 시쳇말로 성적인 쾌감을 쫀득쫀득한 고기 맛에 비유하는 예도 있어, 내육(內肉)의 의미는 성기를 통한 성적 쾌감을 함의(含意)할 수 있다.

한편 '양목(兩目)이 상천(上天)'은 성기(性器)의 귀두(龜頭) 부분을 비유적으로 표현한 것으로 볼 수 있다. 발기한 성기는 '두 눈망울이 불쑥 하늘을 향하는 듯한 형상'이라고 할 만하다. 일례로 판소리 『변강쇠가』의 <기물타령(양)>에서는 귀두를 '민대가리·알밤 두 쪽' 등으로 비유하기도 한다(아래 인용문의 밑줄 참고). 따라서 '전행 후행(前行 後行)'에 대한 이해도 쉽고 명확해진다. 이것은 성행위를 가질 때, 남성의 음경(陰莖)이 앞뒤로 움직이는 작용을 비유하는 것으로 볼 수 있다.

이처럼 인간의 내밀한 신체의 일부를 사물에 빗대어 표현한 예는 사설시조뿐만 아니라, 조선후기 시정의 또 다른 예술 장르에서 쉽게 확인할 수 있다. 앞서 언급했던 판소리 『변강쇠가』의 <기물타령(양)>을 자세히 살펴보자.

저 女人[옹녀] … 강쇠 己物 가리키며, 「異常히도 생겼네, 孟浪히도 생겼네. 前陪使令 서려는지 雙걸囊을 느직하게 달고, 五軍門 軍牢던가 복덕이를 붉게 쓰고 냇물 가에 물방안지 떨구덩떨구덩 끄덕인다. 송아지 말뚝인지 털고삐를 둘렀구

나. 感氣를 얻었던지 맑은 코는 무슨 일꼬. 性情도 酷毒하다
화 곧 나면 눈물난다. 어린아이 病일는지 젖은 어찌 게웠으
며, 祭祀에 쓴 숭魚인지 꼬챙이 굵이 그저 있다. 뒷 절 큰 방
老僧인지 <u>민대가리</u> 둥글린다. 少年人事 다 배웠다, 꼬박꼬박
절을 하네. 고추 찧던 절굿댄지 검붉기는 무슨 일꼬. 七八月
<u>알밤인지 뚜 쪽</u> 한데 붙어 있다. 물방아, 절굿대며, 쇠고삐,
걸랑 風物 세간 걱정 없네」 (밑줄, 필자)[112]

<기물타령(양)>을 살펴보면, 남성의 성기는 '물방아·송아지 말
뚝·절굿대' 등으로 비유된다. 특히 음낭(陰囊)은 '쌍(雙)걸낭
(囊)', 음모(陰毛)는 '털고삐', 정액(精液)은 '[콧물]·눈물·젖', 귀
두는 '민대가리·알밤 두 쪽' 등으로 세분하여 표현되고 있다. 여
기서, '알밤 두 쪽'은 남성의 음낭(陰囊)으로 볼 수도 있겠으나
이미, 음낭에 대한 비유는 '쌍(雙)걸낭(囊)'으로 이루어지고 있어
보다 섬세한 이해가 요구된다. 이것은 귀두(龜頭) 끝부분의 '두
쪽'의 형상을 비유하는 것으로 보인다. 이러한 성적 어휘는 읽어
내기 쉬운 비유로써 직유에 가깝다. 하지만 사설시조에 사용되고
있는 비유는 고도의 독해력을 요구한다. 다시 원작의 독해에 힘
쓸 일이다.

일단 문제가 되는 것이 '소(小)아리 팔족(八足) 대(大)아리 이족

---

112) 강한영 (교주), 『申在孝 판소리사설集(全)』, 민중서관, 1971, 537~
539면.

(二足)'이다. 이제 보다 내밀한 인간 행위에 대한 상상력과 사물
(事物)에 대한 연상능력이 요구된다. 이에 작으나마 도움이 되었
으면 하는 바람으로 『운우도첩(雲雨圖帖)』의 한 장면을 더하여
소개한다.[113] 도상을 염두에 두고 시구를 찬찬히 음미하면 작품의
참맛을 볼 수 있다. '소(小)아리 팔족(八足)'은 남녀가 성행위를
하기 위해 두 몸이 하나로 포개졌을 때, 팔·다리의 합인 여덟을
뜻한다. 그리고 '대(大)아리 이족(二足)'은 남녀의 머리 한 쌍을
뜻하는 것이다. 따라서 '청장(靑醬) ᄋ스슥'은 방게장의 알싸한
맛에 견줄 만한 성적 쾌락을 의미하는 것으로 볼 수 있다.

『운우도첩(雲雨圖帖)』의 한 장면,
종이 수묵담채 28×38.5cm

다시 말해서, 작품의 중장에서 성적 쾌락에 빗대어 외치는 장사꾼의 질펀한 소리에, 종장의 여인은 한 마디로 '거북하게 말하지 말고 게젓[개좆]이라 하려무나'라고 드세게 면박을 주고 있다.

---

113) 『韓國의 春畵』, 미술사랑, 2003, 도판 참고. 해당 작품은 동일한 유
형으로 19세기 초반에 만들어진 것으로 여겨지는 『사계춘화첩(四季
春畵帖)』(개인 소장)에서도 확인된다. 이태호, 『미술로 본 한국의
에로티시즘』, 여성신문사, 1998, 47면(도판) 참고.

이처럼 작품의 진미를 알면, 이 작품이 지어진 계기와 가집에 실렸던 이유, 향유(享有) 되었을 가능성에 대한 의문의 실타래는 자연스럽게 풀린다. 이 작품은 당시 시정에서 흔히 있었을 법한 상품거래를 두고 벌어지는 장사꾼과 여인의 일화(逸話)에 빗대어 성적인 정황을 어희하는 것으로 보인다. 따라서 작품이 지어진 계기와 가집에 실렸던 이유 및 향유된 까닭에는 유희적(遊戲的)인 측면이 컸던 것으로 볼 수 있다.

다음의 작품은 그 내용이 한결 쉽고 해학적(諧謔的)이라서 한 장의 풍속화(風俗畵)처럼 즐길 만하다. 그리고 실제 작품 속에서 민화(民畵)와 춘화(春畵)에 대한 언급(言及)이 확인되고 있어 더욱 흥미롭다.

> 屛風에 압니 줏슨동 불어진 괴 글이고 그 괴 알픽 죠고만
> 麝香쥐를 그렷씬이
> 　애고 죠 괴 삿쌀은 양ᄒ야 글임에 쥐를 잡으랴 쏫니는고여
> 　울이도 새 님 걸어 두고 좃니러 볼까 ᄒ노라
> 　(一石本 海東歌謠 538)

초장과 중장을 보면, 병풍의 그림 속에 앞니가 자끈동 부러진 고양이가 그 앞에 생쥐를 잡으려고 쫓고 있다. 별스러운 연상 없이 이 자체만으로도 흥미로운 볼거리[民畵]라고 할 수 있다.114) 그러나 이 사설시조의 화자는 한층 풍부한 상상력을 가진 인물

이라고 할 만하다. 그리고 이러한 상상력은 화자의 간절하고 절
실한 소망의 집착에서 빚어진 연상으로 볼 수 있다.

또한 다음과 같은 문화적 배경 아래에서 이해한다면, 화자의
상상력은 충분히 납득할 수 있는 자연스런 생리에서 연원한 것
임을 알 수 있다. 멀쩡하지도 않은, 앞니 부러진 고양이가 한 입
거리의 생쥐를 물었다 놓았다, 잡았다 놓쳤다 하며 쫓는 장면은
판소리 『춘향가』의 <어붐질>에서 늙은 범이 살찐 암캐를 어르는
형상과 닮아있다.

> (말노) …전략… 어붐질 좀 ᄒ여보ᄌ 이고 야릇ᄒ여라 어붐
> 질언 엇쩌켜 ᄒ여요 도련님은 장 ᄒ여본 쥴노 말을 ᄒ것싸
> 쳔ᄒ 쉬은이라 너와 나와 훨신 벗고 빅도 듸고 문지르고 등
> 도 듸고 문지르고 업쏘도 놀고 바듬쏘도 놀고 그게 모도 어
> 붐질이로다 …중략… 네 안이 벗쏘는 못견듸리라 와락 쉬여
> 달여드러 츈향의 의복을 볏긔랴 할 졔
>
> (즁머리) 만첩청산 늘근 범이 살찐 안키를 무러다녹코 이
> 난 쌔져셔 먹지난 못ᄒ고 흐르르앙 허고 어루난 듯 북히흑용
> 이 여우쥬를 물고 치운간의 넘노난 듯 단산봉황이 쥭실을 물
> 고 오동쇽의 넘노난 듯 구곡쳥학이 난쵸를 물고 숑빅간의 넘
> 노난 듯 츈풍황잉이 나부를 물고 셰우즁의 넘노난 듯 츈향의
> 가난 허리 에후릿쳐 담쇽 안쏘 져고리 쵸믹 바지 볏겨 츠츠

---

114) 병풍(屛風)과 민화(民畵)의 상관성에 대한 논의와 관련 자료는 쉽게
확인할 수 있다. 김영학, 『민화』, 대원사, 1993 참고.

얼너 속옷가지 아죠 휠신 벅겨논이

　(말노) 츈향이 북스럼을 못이기여 한편의로 잡치고 이만
ᄒ고 안진 모양 짓쩌리여 못이기여 머리도 좀 부푼 덧ᄒ고
살거리가 넛틀넛틀 도담도담한 게 더옥 여엽쌕게 삼게쑤나
도련님 죠와라고 네가 뉘 간장을 녹이뤼고 져리 곱게 삼견난
야 어셔와 업피여라 잉고 쑥스려워 이 익 어셔와 업피여라
도련님이 춘향을 업고 …후략… (단락 구분, 필자)[115]

　<어붐질>은 춘향과 이도령의 첫날밤 장면에서 불리는 여러 가
요(歌謠) 가운데 하나이다. 이 노래는 부끄러워 어쩔 줄 몰라하
는 춘향에게 이도령이 와락 달려들어 옷가지를 훌쩍 벗겨서는
등에 업고 노는 장면을 중머리 장단에 실어 부른다.
　만첩청산(萬疊靑山)의 늙은 범이 살찐 암캐를 물어다 놓고, 이
는 빠져서 먹지는 못하고 으르렁 어루는 듯한 모습은 이도령이
춘향의 허리를 후려 채서 품에 앉고 저고리·치마 바지·속옷가
지를 훌쩍 벗기는 행위를 비유하고 있다. 이처럼 이가 빠진 범에
대비하여 앞니 부러진 고양이를, 살찐 암캐에 대비하여 한 입 거
리의 생쥐를 견주어 생각해 보면, 병풍 속 그림은 충분히 사랑의
애틋한 정황을 연상시키는 것으로 볼 수 있다. 이처럼 화자의 자
연스런 연상은 다음과 같이 이어진다.

---

115) 김진영·김현주·김희찬 (편저), 『춘향전 전집』 1(장자백 창본 춘향
　　가), 박이정, 1997, 117~118면.

종장에서 화자는 그림[春畫]의 임이라도 걸어두고 꿈이라도 꿔볼까 한다[性的 勃起]. 정확히 말하면, '좃니러 볼까'는 쫓는다는 뜻보다는 성적 발기로 볼 수 있다. 이러한 해석의 가능성은 언표(言表)에서 기인한다. 우선 주의 깊게 전후 문맥과 정황을 살펴볼 일이다. 중장에서 고양이가 생쥐를 쫓는다는 뜻의 '쫏니는고여'와 종장에 '좃니러 볼까'의 언표는 '쫏'과 '좃'의 분명한 차이를 보이고 있다. 앞뒤가 모두 쫓는다는 뜻이라면, '쫏'과 '좃'이 굳이 구별될 이유는 없다. 과연 이것은 단순한 표기상의 오류일까? 주의해서 이본고(異本考)를 살펴보자.

이 작품의 이본은 모두 22종의 가집에 22편이 확인된다. 그 가운데 『해동가요』(일석본)에 수록된 이 작품의 중장 '쫏-'과 종장 '좃-'의 경우처럼, 표기상의 차이를 보이는 것은 모두 8편이다.116) 이처럼 음의 차이 및 표기를 구별했던 가집의 편찬자는 이 작품의 세밀한 의미를 정확하게 새겨서, 면밀(綿密)하게 구별한 것으로 여겨진다. 음을 구별하고 표기를 변별적으로 사용한 것은 앞뒤의 어휘가 변별적인 의미를 담고 있다는 사실을 나타내는 것이다. 따라서 종장의 '좃니러'는 쫓는다는 뜻으로 받아들이기보다, 성적인 발기로 구별하여 이해해야 옳을 듯하다. 한마

---

116) 海一(쫏:좃), 詩歌(좃:좃), 興比(존:조), 源六(쫏:좃), 源朴(좃:쫏), 源皇(괴:좃), 源가(조:좃), 詩謠(쫒:죤) 등의 가집에 수록된 8편. 심재완(편저), 『校本 歷代時調全書』, 세종문화사, 1972, 457~458면 참고.

디로 해당 작품에 대한 가집 편찬자의 이해 정도에 따라 수록 어휘와 작품의 의미는 사뭇 달라진다.

이 작품의 화자는 초장과 중장에서 한 장의 병풍 속 그림의 해학적인 정황을 읽은 이후, 종장에서 자신의 인간으로서 절실한 성적 욕망(慾望)·바람을 토로한다. 이처럼 춘화(春畵)를 한 장 걸어놓고 절박한 성적 갈증(渴症)을 달래던 일화(逸話)나 풍속(?)은 판소리에서 더욱 희화적(戲畵的)으로 그려진다. 다음의 자료는 실창(失唱) 판소리 <강릉매화타령>의 사설(辭說)로 인정되는 <매화가(梅花歌)라>의 한 장면이다.117)

1 …전략… 어동육셔 진셜ᄒ고 骨生員 업져 祝文 닐운 후어 冊房으로 와셔 죵시 ᄆᆡ화을 못이지져 그지 아고아고 痛哭하여. 방자, "예 보시오. 父母 주근듸 아고아고 ᄒ제, 졉 주근듸 아고아고 ᄒ오". 骨生員 부근여워, "父母 주○○ 실풀 야자 아고요, 졉 주근듸는 사앙야자 아고어라. 아고아고 셔운지거, 방자야". "예". "환장이 나너야". "예, 잇소". "불너야".

---

117) <梅花歌라>는 1993년 김헌선에 의해 학계에 소개되면서, 실창(失唱) 판소리 가운데 하나인 <강릉매화타령>과 상관성이 논의되었고{김헌선, 「<강릉매화타령> 발견의 의의」, 국어국문학회 편, 『판소리연구』, 태학사, 1998}, 그 상관성이 일정 인정되고 있는 바이다{이진숙, 「≪강릉매화타령≫ 연구」, 경기대 교육대학원 석사학위 논문, 1999. 한정미, 「<梅花歌라>의 전반적 이해」, 『판소리연구』 10, 판소리학회, 1999 참고}.

"예, 불너 왓소".

화장이 올나보온이, "너, 그이야". "무어실 그이야오. 되야 지을 그이오, 가야지을 그이야오". "우이 미화을 그이야". 환장이 되답ㅎ되, "미화을 보지 못ㅎ야싯이 어지 그이니가".

② "우이 미화, 너 아이 보야난야. 니가 으지 거그이야 그여야 그여야. 우이 미화 크도 졋도 아이 ㅎ고 훤칠ㅎ지. 장인 저집타도"조건이와 믠도이도 조던이야. 그여야. ① <u>머리는 감 쓰 갓고아 이마 젼은 톡진 덧 ㅎ고, 눈썹은 슈나부 안진 덧 ㅎ고, 눈은 사별멸 가고, 코은 마을쪽 겨구로 세운 덧 ㅎ고, 어가은 자바다 일 푼이오, 허이은 줌반으오 ㅎ고, 궁둥이은 매작 갓고, 다이은 초되 갓고, 발싯은 외싯 갓고, 두구 멀이 은 겨안 갓고, 거그은 그제그제 쑤단지만치 그어야.</u> 눈을 부 듸 잘 그이랴. 예날의 王昭君도 눈 한번 잘못 글어 원한이 도어싯이다. 시눈○ 잘 근예랴."

③ 환장이 다담ㅎ고, 박릉 화지 펼재들고 즁산 兎ㅅㅋ 초 필을 반즁동 험벽 풀어 둘루둘루 무채 들고, 이니 저이 그일 저긔 미화 탓도 얼근 그여 나던진이.

骨生員 거동보소. ② <u>들입더 안고 "아고, 이거 우이 미화오 다."</u> 사낭을 노니다가, 임 마초고 장판 방궁을 맨세 거불거불 <u>ㅎ다가 셔 분이 임 다 이지어라어지고 코셜 주다가 문더러지 의,</u> 骨生員 어이업셔.

"방자야, 환공이 불너야" ㅎ이 "방자야". "예, 불너 왓소".

"그임 감창 덕근 되는 무어시 악이야". "다시 그 이며 그이재, 약이 어지 시이가". 骨生員 嘆식ㅎ고, ③ <u>자는 방 방풍 두예 부 재 두고 주야말 노일 저긔</u> … (단락구분 및 밑줄, 필자)118)

<매화가라>의 서두(序頭)에서 위의 ① 단락까지의 내용은 다음과 같다. 강릉(江陵) 사또의 부임(赴任)을 따라, 책방(冊房)으로 내려 온 골생원(骨生員)은 명기(名妓) 매화(梅花)에게 반하여 사랑에 빠진다. 급기야 학업을 소홀히 하여 서울 과거(科擧) 길에 오르나 낙방하고 만다. 이에 사또는 골생원을 골탕먹일 마음으로 매화 등과 짜고서 그녀가 죽었다는 헛소문을 퍼뜨린다. 이 소식을 전해들은 골생원은 서둘러 매화의 헛무덤을 찾아가 축문(祝文)을 짓고 제사를 지내며 슬퍼한다. 참다못해 방자로 하여금 환쟁이(畵工)를 불러와서, 매화의 화상(畵像)을 그리게 한다.

여기서 주목해야 할 지점은 ② 단락에서 ③ 단락까지 이어지는 사건의 정황이다. 차근차근 따져보면, 그간에 무심히 넘겼던 지점에서 흥미로운 일화를 찾아낼 수 있다.

골생원은 매화의 화상을 간절하게 원하나, 문제는 화공이 매화의 모습을 본적이 없다는 사실이다. 그래서 골생원은 매화의 모습을 화공에게 세세하게 설명한다.

머리·이마·눈썹·눈·코·입 등의 신체의 상단부(上段部)에서 시작하여, 허리·궁둥이·다리·발치 등의 하단부(下段部)까지 장

---

118) 이해를 돕기 위해, 원문(原文)을 해치지 않는 범위에서 단락·문단 구분 및 인용 부호, 쉼표, 마침표 등의 문장 부호를 사용하였다. 또한 밑줄 친 부분(①·②·③)의 경우, 문맥의 흐름을 고려해서 띄어쓰기를 다시 하였다. <梅花歌라>, 『판소리연구』 10, 판소리학회, 1999, 301~302면 참고.

황하게 설명하고 있다. 급기야 성기 부분에 이르러서는 '꿀단지' 처럼 그려달라고 주문한다. 아무리 살펴보아도 실오라기 한 가닥 걸치지 않은 모습을 원하고 있다. 한 마디로 나체화(裸體畵)를 요구하는 것이다.(밑줄 ①)

이에 화공은 몹시도 민망했던지 그림 한 장 얼른 그려서 내던지고 달아난다. 골생원은 화상 한 장 얻어서는 매화가 살아서 돌아온 듯 기뻐하며, 품에 품고 입을 맞추며, 특정 부위를 무던히도 쓰다듬고 어찌나, 매만졌던지 뭉그러뜨리고 만다.(밑줄 ②)

골생원은 다시 화공을 청하고, '그림이 헤어진 데는 무엇이 약이냐?'고 묻는다. 화공은 '다시 그리면 그만이지 약이 어찌 있으리까?' 반문한다. 골생원은 탄식한다. 골생원이 화공을 부른 이상 그냥 돌려보내지는 않았을 것이고, 그림 한 장 더 얻어서는 다음과 같은 음흉스런 짓을 한다.(밑줄 ③) 원문이 소개될 당시 띄어쓰기대로 살펴보면 다음과 같다.

자는 방방 풍 두예 부재 두고 주야말 노일 저긔

여기서 주의 깊게 전후 맥락을 살려서 다시금 끊어 읽어보면, '자는 방 방풍[병풍] 뒤에 붙여놓고 주야로 노닐 적에'라는 사실을 알 수 있다. 따라서 골생원은 매화의 나체화를 얻어서는 병풍 뒤에 몰래 또는 소중히 감춰놓고 혼자 보며 즐겼던 것이다. 밤낮으로 무슨 짓을 하며 즐겼을지. 아마도 골생원이 저질렀을 법한 짓은 <병풍(屛風)에 압니 죳슨동 불어진 괴>의 화자가 종장에서 했던 '죳니러' 보는 일은 아니었을까 여겨진다.

이처럼 사설시조와 판소리, 판소리와 사설시조는 당시 인간사(人間事)의 내밀한 부분까지 섬세하게 다루고 있었던 것이다.[119] 그리고 당시 판소리와 사설시조를 즐겼던 이들은 원작(原作)이 가지고 있는 본의를 최대한 살려서 질펀하게 즐겼으리라 확신한다.

반면 중장과 종장의 어휘(쏫:죳)를 구별하지 않은 여타의 이본을 가집에 수록한 편찬자들과 같은 무리는 해당 작품을 비교적 단정하게 즐겼던 것으로 보인다. 이들은 '우리도 새 님 걸어 두고 쫓아다녀 볼까 하노라' 정도의 의미로 종장과 더불어, 작품 전체를 이해하고 즐겼던 것이다. 질펀하게 즐길 것인지, 밋밋하게 즐길 것인지는 가집 편찬자의 이해와 기호(嗜好)에 따라 조정되었고 변질되었던 것으로 보인다.

---

119) 사설시조와 판소리의 '섹슈얼리티'에 주목한 바 있는 고미숙은 '당대 규범미학의 장벽을 뚫고, 거칠게 질주하는 욕망에 대한' 사설시조와 판소리의 '대담한 성애는 봉건해체기 문학이 이룩한 주목할 만한 성취'라고 평가했다. 고미숙, 『비평기계』, 소명, 2000, 214면 참고.

2) 성행위 묘사와 성풍속의 편린

　다음의 사설시조 또한 조선후기 유흥문화의 한 단면을 보여주
는 자료로 자주 다루어지는 작품이다.[120]

　　　孫約正은 點心을 추리고 李風憲은 酒肴을 장만ᄒ소
　　　거문고 伽倻琴 嵆琴 琵琶 笛 觱篥 長鼓 巫鼓 工人으란
　　禹堂掌이 ᄃ려오시
　　　글짓고 노ᄅ부르기와 女妓花看으란 내 다 담당ᄒ옴시
　　　(甁窩歌曲集 984)

　이 작품에는 향촌사회에서 약정(約正), 풍헌(風憲), 당장[黨掌]
같은 관직은 낮지만 향촌의 유지급 인물들이 등장하고 있다. 이
들은 한 바탕 유흥을 위해서 일련의 일을 도모하고자 한다.
　그런데 자세히 살펴보면 흥미로운 사실을 확인할 수 있다. 우
선 초장을 보면, 손약정은 점심을 차리고 이풍헌은 주효를 장만
하라고 누군가가 지시하고 있다. 이처럼 일을 지시하던 인물인
화자는 중장에서 거듭 확인된다. 화자는 악기(樂器)와 악공(樂工)
은 우당장이 데려오라고 당부한다. 그리고 종장에서 화자 자신이

---

120) 신경숙, 「사설시조 연행의 존재양상」, 『南沙李觀洙博士還曆紀念論
　　　叢』, 논총간행위원회, 1992, 747~748면 참고.

담당할 바를 밝히고 있다. 글 짓고 노래 부르기와 '여기화간(女妓花看)'은 '내 다 담당ᄒᆞ옴시'라고 호기(豪氣)아닌 욕심(慾心)을 부리고 있다.

화자 자신이 '다 담당'하겠다는 말은 다름 아니라, 자신은 일하지 않고 유흥을 즐기기만 하겠다는 심보를 드러내는 것이다. 여기서 작품 이해의 결정적 열쇠인 '여기화간(女妓花看)'에 주목하자. 선행 작업에서 이 부분은 기생(妓生)을 '데려오는 일' 또는 '기생과 함께 꽃을 바라보고 노는 일' 정도로 무심하게 다루어진다. 그러나 '여기화간'이란 어휘는 기생을 불러오는 일 등과는 사뭇 가려서 보아야 할 중요한 의미를 담고 있다.

이 작품은 『병와가곡집』 이외에 10여종이 넘는 가집에 실려 있는 것으로 확인된다.[121] 그리고 각 가집에 실려 있는 이본들 사이에는 표기와 기술 순서에 있어, 다소간 차이를 보인다. 이러한 작은 차이가 보여주는 큰 의미를 새겨볼 일이다.

각각의 이본에서 여기화간은 '女妓花看·女妓女花看·女妓和奸·女妓看花·女妓和間·妓女和奸' 등으로 나타나 있다.[122] 따라서 '여기화간'을 기생을 불러오는 일 또는 꽃구경 정도로 안이하게 다루기보다는 화간(花看·看花·和奸·和間)이 언표(言表)하는 바

---

121) 심재완 (편저), 『校本 歷代時調全書』, 세종문화사, 1972, 592∼593
　　면 참고.

122) 심재완 (편저), 앞의 책, 592∼593면.

와 같이, 당시 유흥공간의 하나의 풍속이라 할 만한 '꽃보기'로 이해하면 옳을 듯하다.

다음의 자료는 기녀를 상대로 한 유흥공간에서 외입장이(誤入匠)가 갖추어야 할 격식(格式)을 소개하고 있다. 이는 '꽃보기'의 정황을 잘 보여주고 있다.

…전략… 여러 외입장이가 안젓슬 적에 한 사람이 좌중에 통할 말 잇소 하면 누구든지 네 무슨 말이요. 처음 보는 게집 말 뭇갯소 하면 가치 무릅시다 하기도 하고 잘 무르시요 하기도 하나니. 그제야 이년아 네가 명색이 무엇니냐 하면 기생이올시다 하나니. 너것흔 기생은 처음 보앗다. 머리에 쐐야리 ㅅ자국이 잇고 겨드랭이에 바굼이 자국이 그저 잇는데 너것흔 기생은 처음 보앗다. 이년아 내려가 물이나 써오너라 하고 쌤을 한 번 약간 쌔리면 그래도 기생이올시다 하거든 이년아 죽어도 기생이야. 쏘 기생이올시다 하면 그제야 네가 하 - 기생이라 하니 일홈이 무윗이냐. 무윗이올시다. 나이 멧 살이냐. 멧 살이올시다. 그 나이를 한 썹에 먹엇단이냐. 한 해에 한 살식 먹엇슴니다. 그러면 쏩아라. 기생이 손쑤락으로 쏩되 한 해 한 살 먹엇고 두 해에 두 살 먹엇고 세 해에 세 살 먹엇고 이럭케 웬기면, 손이 듯다가 이년아 듯기 실타 하고 시골이 어듸냐. 아무데올시다. 로정긔를 외라 하기도 한 후에 서방이 누구냐. 아무 서방님이세요. (성만 말하는 것) 그 서방 일홈은 무엇이냐. 아모세요. 그러면 그 서방님은 외입에 년됴가 놉흐시거니와 너는 그 서방님과 사는 것이 당치 안흐

니 버려라. 못버리갯세요. 웨 못버리갯니 버려라. 못버리갯세
요. 웨 못버리갯니. 정이 드러서 못버리갯세요. 압다 이년아
그동안 정이 드럿서. 네가 정이 하 드럿다니 어듸 정이 잇담
말이냐. 배ㅅ속에 드럿세요. 어듸 보자. 먼저는 것치마를 쓰르
고 잇스면 이것이 정이야. 정이 업나 보구나. 또 단속것 쓰르
고 홋속것만 입고 안젓스면 이년아 이것이 정이냐 하면은 그
제야 일어서서 잇는데, 정을 또 보자 하면 <u>속것끈을 풀고 이
스면 이년아 두 손 쪠여라 하면 입으로 속것 허리를 입에 물
고 두 손을 쪠고 섯스면 그제야 손이 속것 문 것을 팩 재치
면 잠간 거긔가 뵈이면서 주저안나니,</u> 손이 그제야 정이 참
배ㅅ속으로 하나가 잔쯕 드럿나보다. 그 서방님 뫼시고 오래
사라라 하고 통한 후에 담베 한 대 붓처 주는 일이 잇나니라.
…후략… (외입장이 격식)[123]

　기녀를 둘러싼 남성들은 하나의 유흥처럼, 여성의 내밀한 부분
(밑줄의 '거긔')을 들여다보고 즐겼던 것이다. 이러한 유흥의 기
원은 정확히 알 수 없으나, 위의 자료(외입장이 격식)가 확인되
는 19세기 말 어름까지 전해졌던 것으로 보인다.[124] 이처럼 기녀

---

123) 이용기 (편), 정재호·김흥규·전경욱 (주해), 『註解 樂府』, 고려대 민
　　　족문화연구소, 1992, 699면.

124) <외입장이 격식>이 수록된 고대본 『악부』는 19세기 말, 서울의 유
　　　흥공간에서 생활했던 이용기가 자신의 견문(見聞)을 바탕으로 엮은
　　　책이다. 박성의, 「'악부' 연구」, 『고려대학교 60주년 기념논문집』(인
　　　문과학편), 고려대학교, 1965 참고.

의 성기를 들추어보는 난잡하고 음란한 행동은 기방풍속(妓房風俗) 가운데 하나로 여겨진다.125)

여기서 그간 소홀히 다루어진 <손약정(孫約正)은 점심(點心)을 츠리고>의 또 다른 진면목을 발견하게 된다. 이 작품 종장의 '여기화간'은 그 기원 및 연행 시기를 정확히 알 수 없었던 기방풍속인 '꽃보기'의 선례(先例)를 보여주는 것이다. 해당 가집(『병와가곡집』)의 편찬 시기인 18세기 말(또는 19세기 초)126) 이전부터, 다소 민망하고 질펀한 '꽃보기'의 기방풍속은 실행되고 있었던 것이다.

그렇다면 왜 '꽃보기'라고 했는지에 대한 의문을 삼을 수 있다. 노골적인 성행위를 표현한 대표적인 작품으로 평가되는127) 이하 사설시조 속에 피어나는 꽃 한 송이를 감상하기 바란다.

> 드립더 브득 안으니 셰 허리지 ᄌᆞᆨ ᄌᆞᆨ
> 紅裳을 거두치니 雪膚之豊肥ᄒᆞ고 擧脚蹲座ᄒᆞ니 半開흔 紅
> 牧丹이 發郁於春風이로다
> 進進코 又退退ᄒᆞ니 茂林山中에 水春聲인가 ᄒᆞ노라
> (珍本 靑丘永言 519)128)

---

125) 강명관, 『조선시대 문학 예술의 생성 공간』, 소명, 1999, 212면.

126) 김용찬, 『교주 병와가곡집』, 월인, 2001, 14~17면 참고.

127) 조규익, 『蔓橫淸類』, 박이정, 1996, 99면.

128) 이 작품은 18세기 초 『청구영언』(진본)에서 비롯하여 19세기 중엽

사내는 들입다 달려들어 여인의 가는 허리를 부여안는다. 내처 붉은 치마를 들쳐서 흰 살결의 풍만한 여체(女體)를 들여다본다. 이어 여인의 다리를 잡아들고 쪼그려 앉아서는 여체 깊은 곳에 살포시 피어나는 한 떨기 붉은 모란을 감상한다. 마침내 봄바람에 이는 꽃망울에 취해서는 여인과 정(情)을 나눈다. 마치 깊은 산 속에 물방아 소리처럼 정적을 가른다.

이처럼 당시 문화적인 정서에서 보자면, 여성의 내밀한 신체는 자연스럽게 한 떨기 꽃으로 비유될 수 있었던 것이다. 그 꽃을 들여다보는 행위를 무어라 불렀겠는가? '꽃보기'라 했던 것이 당연하지 않겠는가.

다시 말해서, '여기화간'은 잊혀져버린 풍속의 단면을 읽을 수 있는 편린이라고 할 만하다. 이처럼 무심히 넘겨보던 지점에서 성적 어휘를 읽어내고 작품의 의미를 되새기다보면, 잊혀진 당시 풍속을 찾아낼 수도 있으리라 여겨진다.

『남훈태평가』에 이르는 총 17종의 가집에서 두루 확인된다. 심재완 (편저), 앞의 책, 339~340면 참고.

상상(想像), 마음속으로 미루어 짐작하다

북방(北方)에 귀로만 듣고도 눈으로 본 듯이 사물의 실상을 잘 그려내는 화가(畵家)가 있다. 그에게 많은 사람들이 몰려와서 이것저것 그려달라고 청탁을 한다. 심지어 남방(南方)에 한 차례도 가보지 않은 화가에게 남방의 영험한 동물인 코끼리를 그려달라는 거상(巨商)이 찾아온다. 거상은 장삿길에서 본 코끼리의 형상을 뭇사람들에게 보여주고 싶다고 말한다. 흔히 남방에서 코끼리는 재화와 상업의 신으로 받아들여져서, 코끼리의 형상은 재운(財運)을 가져다준다고 믿어진다. 거상은 뭇사람들에게도 재운이 함께 하길 바라는 마음에서 코끼리 상을 보여주고자 한다. 거상은 코끼리의 형상을 하나하나 세세하게 화가에게 설명한다. 화가는 눈으로 본 듯이 맘으로 새기며 한 장의 코끼리를 그려낸다.

상상(想像)은 참으로 흥미로운 글자이다. 자원(字源)을 살펴서 글자를 그림처럼 읽어보면, 실상[木]을 눈[目]으로 보듯이 마음

[心]으로 헤아리는 글자가 '생각할 상(想)'이고, 한 사람[人]이 한 차례도 보지 못한 영험한 동물인 코끼리[象]를 그려낸 이야기 같은 글자가 '본뜬 형상 상(像)'이다. 따라서 상상은 마음속으로 그리며 미루어 짐작하는 것이다.

인문학은 참으로 매력적인 분야이다. 인문학의 힘, 이 가운데 하나는 무한한 상상력이라 할 만하다. 상상은 허망, 망상과는 엄연히 다르다. 상상력은 '있는 사실' 이상으로 '있어야 할 사실'을 그려내는 데 역할을 다한다. 또한 상상력은 '있었던 사실'의 조각, 퍼즐을 맞추는 데 유용한 도구라고 할 만하다.

이 책이 '있었던 사실'에 대한 유쾌한 상상을 하는 데 도움이 되었길 바란다. "조선후기 풍속의 재구성"이 당대 민의 풍속과 성을 이해하는 데 작은 보탬이 되었길 바라는 마음이다. 조선후기 예술은 당대 민의 풍속과 성을 맛깔스럽게 담아낸 멋스런 그릇이다. 이 예술의 그릇에 담긴 맛난 음식이 민의 풍속과 성일 듯하다.

참고문헌

강등학. 「민요의 이해」, 강등학·강진옥 외. 『한국 구비문학의 이해』.
　　　월인. 2000.

강명관. 『조선의 뒷골목 풍경』. 푸른역사. 2003.

강명관. 『조선 사람들, 혜원의 그림 밖으로 걸어나오다』. 푸른역사.
　　　2001.

강명관. 『조선시대 문학 예술의 생성 공간』. 소명. 1999.

강한영 (교주). 『申在孝 판소리사설集(全)』. 민중서관. 1971.

고려대 민족문화연구소 (편). 『韓國民俗大觀』 4. 고려대 민족문화연
　　　구소 출판부. 1982.

고미숙. 『비평기계』. 소명. 2000.

고미숙. 『18세기에서 20세기 초 한국 시가사의 구도』. 소명. 1999.

곽교신. "그림에 숨긴 조선 선비의 에로티시즘", 오마이뉴스. 2005년
　　　4월 11일자(http://www.ohmynew.com/).

국립문화재연구소. 『프랑스 국립기메동양박물관 소장 한국문화재』.
　　　예맥. 1999.

김경미·조혜란 (역주). 『19세기 서울의 사랑 / 절화기담, 포의교집』. 여이연. 2003.

김기형 (역주). 『적벽가·강릉매화타령·배비장전·무숙이타령·옹고집전』. 고려대학교 민족문화연구원. 2005.

김기형. 「판소리에 나타난 육담의 미적 특질과 기능」, 김선풍 외. 『한국 육담의 세계관』. 국학자료원. 1997.

김나연. 「申潤福의 風俗畵 硏究」. 이화여대 대학원 석사학위논문. 2001.

김영숙. 『한국복식문화사전』. 미술문화. 1998.

김영학. 『민화』. 대원사. 1993.

김용찬. 『교주 병와가곡집』. 월인. 2001.

김용찬. 『18세기의 시조문학과 예술사적 위상』. 월인. 1999.

김인숙. 「포제와 치마」, 『韓國의 服飾』. 한국문화재보호협회. 1982.

김종철. 『판소리의 정서와 미학』. 역사비평사. 1996.

김진영·김현주 외 (편저). 『실창 판소리사설집』. 박이정. 2004.

김진영·김현주 외 (편저). 『심청전 전집』 3. 박이정. 1998.

김진영·김현주 외 (편저). 『춘향전 전집』 1~6. 박이정. 1997.

김헌선. 「<강릉매화타령> 발견의 의의」, 국어국문학회 편. 『판소리 연구』. 태학사. 1998.

김혜정. 「판소리의 사당패소리 수용 양상」, 『남도민속연구』 12. 남도민속학회. 2006.

김흥규. 『욕망과 형식의 詩學』. 태학사. 1999.

김흥규 (역주). 『사설시조』. 고려대 민족문화연구소. 1993.

까를로 로제띠. 『꼬레아 꼬레아니』. 서울학연구소 (역). 숲과나무. 1996.

문일평. 『湖岩全集』 2. 조광사. 1939.

민속학회. 『한국민속학의 이해』. 문학아카데미. 1994.

박경자. 「혜원 풍속화에서 본 18세기의 일반복식」, 『한국의 복식』. 한국문화재보호협회. 1982.

박성의. 「'악부' 연구」, 『고려대학교 60주년 기념논문집』(인문과학편). 고려대학교. 1965.

서대석. 「'巫黨來歷'의 性格과 意義」, 『구비문학연구』 4. 한국구비문학회. 1997.

서대석 (해제). 『巫黨來歷』. 서울대학교 규장각. 1996.

서유석. 「『변강쇠가』에 나타난 奇怪性의 具現樣相과 意味」. 경희대 석사학위논문. 2003.

서정걸. '作品解說', 『韓國의 春畵』. 미술사랑. 2003.

성무경. 「신오위장 所作 <방아타령>의 형성층위와 '단잡가'」, 『한국시가연구』 12. 한국시가학회. 2002.

성현경. 『옛 그림과 함께 읽는 李古本 춘향전』. 열림원. 2001.

손인애. 「경기 지역 방아타령계 음악 形成攷」, 『한국음악연구』 36. 한국국악학회. 2004.

송신용 (교주). 『한양가』. 정음사. 1949.

신경숙. 「사설시조 연행의 존재양상」, 『南沙李覿洙博士還歷紀念論叢』. 논총간행위원회. 1992.

심재완 (편저). 『校本 歷代時調全書』. 세종문화사. 1972.

안민영 (원저). 『금옥총부』. 김신중 (역주). 박이정 2003.

안휘준. 「韓國風俗畵의 發達」, 『韓國의 美』 19(風俗畵). 중앙일보사. 1985.

오세창. 『槿域書畵徵』. 계명구락부. 1928.

유본예 (저).『漢城識略』. 권태익 (역). 탐구당. 1975.

이능화 (저).『朝鮮解語花史』. 이재곤 (역). 동문선. 1992.

이문성.『필사본 춘향전 연구』. 한국학술정보. 2008.

이문성.「신재효 사설에 나타난 조선후기 서민의 생활상과 풍속」,『열
　　　상고전연구』25. 2007.

이문성.「性描寫의 傳統 속에서 본『변강쇠가』의 <기물타령>」,『한
　　　국학연구』22. 고려대 한국학연구소. 2005.

이문성.「『金玉叢部』의 性的 語彙에 대한 試論」,『한국학연구』21.
　　　고려대 한국학연구소. 2004.

이문성.「辭說時調에 나타난 性的 語戲와 性風俗」,『한국학연구』19.
　　　고려대 한국학연구소. 2003.

이문성.「風俗畵에 나타난 朝鮮後期 社會와 蕙園의 삶」,『한국학연
　　　구』14. 고려대 한국학연구소. 2001.

이문성.「京板 春香傳 研究」. 고려대 대학원 석사학위논문. 1999.

이보형.「오독도기소리 연구」,『한국민요학』3. 한국민요학회. 1995.

이석호 (역주).『朝鮮歲時記』. 동문선. 1991.

이용기 (편). 정재호·김흥규·전경욱 (주해).『註解 樂府』. 고려대
　　　민족문화연구소. 1992.

이원복.「蕙園 申潤福의 書畵」,『澗松文華』59. 한국민족미술연구
　　　소. 2000.

이원복.「蕙園 申潤福의 畵境」,『미술사연구』11. 미술사연구회. 1997.

이진숙.「≪강릉매화타령≫연구」, 경기대 교육대학원 석사학위 논문.
　　　1999.

이태호 (엮음).『조선후기 그림의 기(氣)와 세(勢)』. 학고재. 2005.

이태호. 『미술로 본 한국의 에로티시즘』. 여성신문사. 1998.

이태호. 『풍속화(둘)』. 대원사. 1996.

이형대. 「안민영의 시조와 낭만적 상상력」, 『우리어문연구』 18. 우리
　　　어문학회. 2002.

이훈상. 「19세기 전라도 고창의 鄕吏世界와 申在孝」, 『고문서연구』
　　　26. 한국고문서학회. 2005.

임동권. 『한국 세시풍속』. 서문당. 1973.

정병모. 『한국의 풍속화』. 한길아트. 2000.

정현석. 『敎坊歌謠』(국립도서관 소장본).

조광국. 『기녀담 기녀등장소설 연구』. 월인. 2000.

조규익. 『蔓橫淸類』. 박이정. 1996.

조규익. 「안민영론」, 『국어국문학』 109. 국어국문학회. 1993.

진준현. 『단원 김홍도 연구』. 일지사. 1999.

최순우. 『최순우전집』 3. 학고재. 1992.

최완수 외 (편). 『澗松文華』 64. 한국민족미술연구소. 2003.

최완수 외 (편). 『澗松文華』 59. 한국민족미술연구소. 2000.

한국민속사전편찬위원회. 『한국민속대사전』 1. 민족문화사. 1991.

한정미. 「<梅花歌라>의 전반적 이해」, 『판소리연구』 10. 판소리학회.
　　　1999.

허영환. 『동양미의 탐구』. 학고재. 1999.

『한국민속의 세계』 5. 고려대 민족문화연구원. 2001.

『한국민족문화대백과사전』 21. 한국정신문화연구원. 1991.

· 저자 ·

이문성   * 고려대학교 인문대학 초빙교수(2008~현재)
　　　　　　고려대학교 한국학연구소 연구원(2007~현재)
　　　　　　판소리학회 연행이사(2006~현재)
　　　　　　고려대학교 국어국문학과 문학박사(2006)

　　　　　* 석탑 강의상(고려대학교, 2007)
　　　　　　판소리 학술상(판소리학회, 2006)

　　　　　* 저서 :『필사본 춘향전 연구』(한국학술정보, 2008)
　　　　　　논문 :「판소리 연구의 쟁점」,「경판 춘향전 연구」외 다수

　　　　　* email : panlms@yahoo.co.kr

조/선/후/기
 **풍속의 재구성**

• 초판 인쇄	2008년 7월 15일
• 초판 발행	2008년 7월 15일
• 지 은 이	이문성
• 펴 낸 이	채종준
• 펴 낸 곳	한국학술정보㈜
	경기도 파주시 교하읍 문발리 513-5
	파주출판문화정보산업단지
	전화　031) 908-3181(대표) · 팩스　031) 908-3189
	홈페이지　http://www.kstudy.com
	e-mail(출판사업부)　publish@kstudy.com
• 등　　록	
• 가　　격	22,000원

ISBN　　978-89-534-9659-0 93810 (Paper Book)
　　　　　978-89-534-9660-6 98810 (e-Book)